布衣神相

◎著 温瑞安

作家出版社

第肆卷

以前我写武侠小说是为了兴趣，写作对我而言，是一种娱乐。世间有多少人能当工作就是享受，做自己感兴趣的事？想来，我真幸福，从八岁开始发表第一首诗起，五十年来如是，其他的事，都是余绪。

可是，撰写武侠小说却增添了一种意义，那就是"信念"。我相信"侠义"。人间也有侠。我无意要考据、引述什么经典、古籍中对"侠"或"侠士"的阐释，因为严酷的法制约束和迂腐的儒家文化压抑曲解下，"侠"的真正意义已完全变质。侠变得一点也不变貌、变形、可爱了，侠变成了暴力与血腥、庸俗与浮夸、流氓与性的结合。

这是可悲的。因为任何一个民族没有了侠情，就失去了虎虎生风、霍霍有力、充满原创性的生命力，而任何一个社会没有了侠行，就为腐败、卑鄙、虚伪与机诈所盘踞。侠的存在本来是为了要激浊扬清，侠的活力是要化腐朽为神奇，侠是大时代里的志士、小社会中的仁人。对侠或扬或抑，那是古代之儒者的说法，也是今之学者的解读。我心目中的侠只是"在有所为与有所不为间作明辨大是大非的抉择""侠是伟大与同情的结合""侠是知其不可为而义所当为者为之"……诸般意义，如此而已，如是奉行。

是以，侠不是好勇斗狠，不是不择手段，不是比武决斗，不是罔顾法纪，更不是个人英雄。侠是优雅美学，是打抱不平，是伸张正义，是悠然出世，也可以浩然入世。"侠"不仅见存于古代，而且也一样急需于现今，"他"可以是本着良知的记者、医生、律师、店员、教师、工友、商人、路人、艺人、编辑甚至性工作者和微博控，乃至屠夫、相师。侠，根本就是民间。侠，一直都活在人民心里。

是以我写"布衣神相"故事。开始写这个系列的时候，大约是一九八一至一九八三年间，恰好是我在台"蒙冤"，"流落"香港，往来新、马、日、韩，居无定所，天下虽大，无地可容之际，难免有些失意，但在写作"布衣神相"的题旨上，依然没有改变我的信念。知命而不认命，相由心生，心随相转，祸福相依，吉咎一体，出世精神，入世事业，梦幻空花，此身不妄。到头来，凡我过处、去处，都成了我他日所居、遨游、发展之地，都与我别有一番因缘际会，真是自寻快活，不怕烦恼，梦里真真，开花成果。如果有命运，那么，面对和创造命运吧！

尽管我一向都认为武侠可以与文学结合，正如诗与剑交融时能自放光华，也认为通俗绝非庸俗，是一种不俗、一种美德，虽然伟大的不一定能流行（通俗），但极伟大的必然流行（通俗）——姑勿论是谁的大作，只怕都流行不过唐诗、宋词、水浒、三国、红楼、西游吧？它们都"流行"了千百年了，而且都能极通俗，不是能朗朗上口发人深省，就是文笔流丽曲折离奇。我的小说从来不企求有学问的"大人先生"们谬夸高誉，只求写给跟我一般的"平民百姓"看的。有时候，我在香港地铁车内，大马巴士站上，大陆穷乡僻壤一灯如豆的土墙窗边看见有人聚精会神在读我的小说，我一面感到汗颜惶悚，一面又无比兴悦自豪——这感觉要远比任何有识之士予以片言高论，肯定来得更振奋吾心。

得要谢谢今日的作家出版社，以大魄力和大手笔，让我的作品得以"重现江湖"，把我的小说以"新姿"重现人间，使到如今还是一个"伤心快活人"的我，得以"花甲少年"的心态桃李天下。

　　或许，这也合当我的命书在"皇极经世铁板神数"演算到这时际的一句谶言吧：

　　　　环宇频生新事物，
　　　　当思鼎故促进行。

　　稿于1997年12月中旬香港《壹周刊》刊出访问记《中国最后一位游侠：温瑞安》期间。《新报》刊完《说英雄·谁是英雄》第七部 "天下有敌"，新登 "天下无敌" 之 "怒犯天条"。

　　重修于2013年1月初自成一派三仙五老二少欢聚于鹏城等地。

天道是什么？

天道就是人心。

因为天道之所以存在，完全是因为人心揣想、整合出来的。

那么，人心是什么？

这就难以回答了。

世界上有数以亿计的人，人人心思不同，人人性情、想法都不一样。

人心难测。

——就是因为人心难料、人性善变，所以才有天威难测。

因为天就是人，天道就是人心，天人本来就是合一的。当人能洞察天意、体悟天机，那便是一种"天人感应"。

所以，若能猜度、估量出对方意向所思，大致上，在人生里已可畅通无阻、一帆风顺。在商场、考场、情场乃至战场，俱可无往而不利也。我们可以称这种技术为心术。

这方面的实例，在政治上尤不绝如缕、不胜枚举，在历史上的诸葛亮，他就有这种猜估出对手、敌人意图的能耐，所以足智多谋、算无遗策。不过，尽管他智能天纵，顶多，也只能辅汉扶蜀成一方之雄，无法改变大势，此所谓因果宿命。就像他的敌手司马懿，一样能观形察色、乘风转舵，势弱运衰之际，佯病称老，甚至装死，无所不用其极，这一副死尽忠心的样子。等到时来运转，他出手霹雳雷霆一击，终于还是将曾经挟天子而令诸侯、一向唯才是用的曹氏江山，尽落司马家手中。不过，魏晋到底仍是逃不过八王之乱，国破家亡，这里面也有天意循环在。

相学术数，其实是一种统计学，有极强烈的科学成分。它跟中药、针灸、把脉、气功、点穴功夫都有异曲同工之妙。在国外，依然认为不可思议：怎么可以凭三只手指一按脉门就可以诊断病情？为啥满山花木野草居然可以治愈各种奇难杂症？怎么针尖刺入人体要害，竟然令人秋毫无损，而达到调理治疗的作用？其实，这只是中国人千百年来经过试验与实践，总结和归纳后，所积累的知识与方法。

相学有深有浅，其实既是统计学，也是古代的心理学，更是行为符号学的演绎而已，并不神秘。目光闪烁、语言吞吐者必有诈，这就是语言行为学和心理学的结合。人摇福落，树摇叶落，一个坐立不安的人在举止上反映了他内心虚弱的情境，投射到他的遭遇与前程来。至于恶痣长于何处、善痣长于什么方位，对此人的内心和遭际同样做出了预告和反射，也只是长久以来的经验与统计后，所做出来的结论。铁板神数谶言、诸葛神数、梅花术数、斗数子平、五行阴阳、易学占卜，诸如此类，全是各种试图计算出人生起落浮沉、转折祸福的方程式而已。掌纹和面相，理合像是一幅充满了人生标志的地图。趋吉避凶，就是相学术数的巨大实用价值。当然，在研修过程中，已在形而上的层次取得巨大意义。无疑，武侠小说既是中国传统文化的特色、中国文学的精华，而且，更是中国文学中唯一没有受时代淘汰，反而日益受到注重、翻新的文类。当这两者结合时，犹如阴阳极相击、刀剑锋交错，星花璀璨，光华夺目。当中更有情与义，在在自有动人之处。"布衣神相"故事系列，就是大约1982年，我遭遇变故，蒙冤含屈，颠沛流离，避居香港时开笔，转眼已三十载。回首暮云远，笑罢宵起迟。

我写"四大名捕"故事求的是公道民心，写"布衣神相"，旨在天道人心。三十多年来这故事竟历久不衰，年年有人邀我续写新稿，常常有朋友洽商版权改编，这算是喜出望外，也是足堪告慰，或许也是冥冥间自有定数。

　　稿于2004年1月7日在港新建"一点堂"/香港无线签订《布衣神相》及《少年四大名捕》。
　　重修于2013年1月3日在圳"火星"总部/光线已将《四大名捕》电影二、三集杀青，并将开拍电影《布衣神相》六集电视剧之时。

目录·第肆卷

·取暖

·刀巴记

第壹回 密云不雨

　　天空布满了密云，一卷又一卷，一层又一层，堆栈到天边。时过春分不久，天气还是很寒的，此刻又近晚了，昏冥间有一种阴郁的气象……

天空布满了密云，一卷又一卷，一层又一层，堆栈到天边。时过春分不久，天气还是很寒的，此刻又近晚了，昏冥间有一种阴郁的气象，但始终欲雨未雨，欲雪未雪。

该到哪里去投宿呢？卜者背着包袱，撑着白布的旗杆，在这看来正蕴酿着一场大雨雪的荒地里，稍微有些踌躇。

这时候，他便看到暮色灰蒙蒙处，有一点暖黄的火光。尽管火光很远，也很微弱，他心头也似被火光分沾得那一点温暖了：唔，是旅人罢……

他往火光处觅去，看见一座残旧的破庙，火光的暖意更浓了。忽然间，他站住，感觉到一股不可言喻也无从躲藏的杀气。他看了看天色，空气中有一些雨丝已透进他脖子里来。他伸出手掌，看了看掌心，露出深思的神情。

"要来的，总是躲不掉的。"他想，假使这荒地里旅人的篝火，引他进入了命定的破庙，那么，这阴霾密布的雷雨，就狠狠地下它一场吧。

他大步走进了破庙。

破庙里有几个人，或坐或卧。他才走到庙前石阶，占卜的旗杆上缠的铜铃，轻轻地摇了几下，一个样貌和气、器宇爽朗的中年人起身招呼道："嗨，老乡，打哪儿来的，一起进来暖和暖和吧……"进而看见来人的衣着打扮与那白布旗杆，怔了一怔，遂笑道："原来是算命的先生……写什么……是'布衣神相'……啊哈哈，占卜的先生请进来凑合吧。"

卜者走到庙门侧边，拍拍衣服上尘沙，笑道："如蒙不嫌，便叨扰了。"

那中年人身边有一位妇人，低俯娥眉，没有说话，她身边一个孩童，却以骨碌碌的眼睛打量他。旁边还有个老汉。

那中年人说："什么话嘛？这庙又不是咱家的……这年头盗贼四起，饥民匪结，多几个人一起，结伴是最好不过的事。"

卜者笑笑，把旗杆靠墙角放置了，这时，那妇人稍稍用眼尾瞥了一下，又垂下了头。就这样一瞥间，卜者心里也暗叹：这妇人好美，却还是没有把她容貌看清楚。

中年人笑道："这是荆内。"那妇人没有抬头，只是把衣袖福了福，算是行礼。

中年人又用手拍了拍妇人身边的孩子，"这是小儿，叫石头儿，很皮。"然后指了一指那老汉，说，"是秦伯，我当他是长辈。"

那人慌忙道："我只是奴才，主人一直待我好。"

卜者笑笑，将包袱担架放下，整理东西，中年人谈话的兴致倒是颇好，问道："你一人出来郧阳么？……"举目见卜者布旗杆上写"神相李布衣"，也没看下联，就笑说："最近江湖上出现了一个神相卜者听说灵应异常，直如神仙转世，文才武功都很不凡，就叫做李布衣，哈哈……一下子，各省各地都出了数不清的'布衣神相'，人人都叫李布衣，也不知哪个是真，到底有没有真的……"中年男子愈说愈开心，抚腹长笑，那少妇用手碰了他一下，白了他一眼，表示不悦，也提醒她丈夫要顾虑到人家。

那中年男子也觉得自己未免失礼，稍微收敛了一下，笑问："先生尊姓？"

卜者笑笑："姓李。"他正找到一块较无尘垢处傍火盘膝坐下，卸下行囊。

那中年男人眉开眼笑，"果真姓李？"又想笑下去，并想逗妻子一齐笑，可是妻子不笑，还白了他一眼，他也笑不下去了，说，"我姓项，叫项笑影，就是喜欢嘻嘻哈哈，一辈子无所谓，也不知死里逃生了几次，也挺快活的，只要小意对我好，三口子在一起，其乐也融融……"说到这里，他生怕卜者不知，补充说，"小意就是荆内。"

少妇薄嗔含羞地横了她丈夫一眼，似怪他多事，把什么东西都向外人说出来，又似有些不安。卜者笑："项兄妻贤子孝，自当欢喜。"

项笑影笑着摸摸肚子，"是啊？"映着水光端详卜者，微讶道，"……兄台年纪也不大啊，怎么当起跑江湖看相的来了？是真的姓李吗？"

卜者微微笑道："不仅姓李，恰巧也叫布衣。"

项笑影笑道："我知道，我知道，这是李兄的金字招牌，我不该问的，真是该骂。你知道，我这天生下来命福两大，凭一口气挣回来的，不太相信命运这回事……不过李兄前来躲这场雨，倒让我这饶舌的人舒快多了。"

那小孩子瞪起圆骨溜的眼睛，跑到他面前，问："你是谁？怎么上街带铃铛？"众人都笑了。

卜者李布衣笑着用手一拧孩子的脸，道："叫什么名字？"

那小孩红扑扑的脸，天真可爱，"刚才都说了，叫石头儿呀。"

李布衣笑着拍拍他的腮儿，眼光骤然触及小孩的额上，凹陷了一大块，还发出青黑的颜色，脸色一沉，问："这儿，是不是摔伤的？"

石头儿把嘴儿一撇，摔开他的手说："我可没顽皮，也没到处跑，你说石头儿摔伤，娘就不给石头儿玩去了。"一面说一面偷看他母亲，看来他倒不怕父亲。

李布衣微"哦"一声，正待有话要说，忽听背侧庙宇梁柱的地方，一人漫吟道："冷烛无烟绿蜡干，芳心犹卷怯春寒。一缄书札藏何事，会被东风暗拆看。"

李布衣随声望去，只见一个剑眉星目、荷叶唇片的公子模样的人，倚在柱边，一副忧伤感怀的样子，眉宇间又很是倨傲。李布衣知他吟的是钱瑞文的《未展芭蕉》，如"东风"指的是自己，不悦之意已甚为明显，只见那公子身侧，有个童稚女孩，梳了四条小辫子，一直望着自己，眼睛活像水里的游鱼般，很是可爱。只听背后那少妇骂小孩子道："小石头，怎么没规没矩的，可没人理睬你。"

小孩无端受了骂，有些委屈，嘴一撇便想撒声哭，项笑影笑着拍抚着他道："算了，算了，小孩子家乱说话，就别气拧。"

李布衣笑问："那位相公敢情是跟你们一道的?"

项笑影很高兴地道："是啊，这两天才一道的。我们在山路上偶遇，您看，他一个人带一个小女孩，咱们夫妇也有一个老人家、一个小孩，不恰好结伴而行么? 天造地设哪里找啊?"

李布衣微笑向那公子，"公子怎不过来一起焙烘? 不是嫌我这个乡野粗人坏了公子清兴吧?"

那公子淡淡地道："浊世洪流何处去? 世上粗俗人，何处没有? 我都习以为常，你这算命的哪里扰得了我? 我会武功，要冷就冷，要热就热，不用烤火。"说着神态十分傲慢。

项笑影将串着的烤鸡转了一转，笑道："这位公子叫湛若非，武功也真好，年少艺高的，我小时也会两下子，可就远不如他，所以哪就乖乖地靠火边坐。"

李布衣也微笑道："那小姑娘呢？是湛公子妹妹吧？湛公子内力高，不必烤暖，小姑娘总要吧？"

项笑影笑道："是呀，我也这般说。"回首向那小女孩招手道，"来啊，小姑娘，一起来烤火啊。"石头儿跟那小女孩较熟络，便想过去拖她的手过来，那小女孩固执地摇头，有些畏怯地望向湛若非。

湛若非神色冷淡，也不说话。

那少妇即是项夫人看不过眼，喃喃地说："自己冻死不要紧，教小孩子也连累了，算什么才子英雄？"

湛若非一听，脸上露出伤心的神色，向小女孩道："阿珠，去吧。"那叫阿珠的小姑娘就欢天喜地凑过来了。李布衣微感诧异，发觉湛若非从来就没望过项夫人一眼。

项笑影笑着说："不过，这阿珠小姑娘不是湛公子的妹妹。"

李布衣微有询问之色，"哦？……"

项笑影果然自动说下去，"我们听湛公子说，这小姑娘是月前在一处被屠的村落中救得的，据说那村子里的人，因为朝廷来了个不知名的大官，对府里的娘儿乐厌了，没啥意思，竟到民间来恣意胡为，奸淫烧杀，边防军官江彬在那大官儿所过之处，将该地的人们杀尽，取其金银，一方面中饱私囊，一方面避免风声外泄，对朝廷有不良影响……"

说到这里，项笑影可有些激动起来了，摇着肚皮道："我说，这些狗官，也未免太过分了……"

项夫人忽将柔荑搭在她丈夫肩上，悠悠地道："今日咱们逢的是什么乱世？你说这些话，纵不体会你我，也为小石头儿想想……"

项笑影对他夫人的话似无不依从，眼光仍有愤色，但向李布衣歉意一笑，改个话题道："……湛公子好心，路过将这弱小无依的孩子救出来。"

李布衣微微笑道："而……你们又恰巧碰见……"忽觉背后一阵寒意，直如芒刺，回头却见那叫阿珠的小女孩子转开了眸子。

项笑影哈哈笑道："湛公子文武全才……李兄，如果不嫌我等负累，不妨一道结伴而行，在这险恶处处里倒一路平安哩……"说着又摸摸肚子。

李布衣微注而问："请恕冒昧问一句：项兄的肚子是否不适？"

项笑影怔了一怔，大笑道："哦……不是，不是的！李兄误会了……"讲到肚子，他又要长篇大论起来，"想当年，不怕李兄见笑，我也舞过刀、弄过枪，自觉肌肉贲张，腹肌绷紧，这几年来，有了小意……一开心，就发胖了，真是……"说着又去摸他的肚子。

李布衣含笑道："哦，是这样的……"

那项夫人稍含薄嗔向她丈夫道："你这是说我害你发胖了是不是？"项笑影忙说不是，项夫人向李布衣微羞道："他现在呀，最怕发胖，才叫先生见笑了，以前他呀，还爱漂亮，拿着面铜镜照呀照，天天修他那把胡子，后来我不许，他才狠起心把胡子剪了……先生你拨个空暇，还是跟他这种人看看相吧，免得他这般顾影自怜，现在最担心便是肚子发胖哩……"

项笑影笑得眼泪都挤出来了，"你还说我把什么事都乱说出去，现在是谁说话的？李兄李兄，她呀，觉得我照镜子时比看她多，才不许我看的，我也依她了，可是这肚子……哎呀中年男子哪个不怕发胖哪……她还要说我，李兄，你说，这……"

李布衣看这两夫妇，觉得火光很温暖，便说："两位情深，令人倾羡。"忽听一声冷笑，是从那书生处传来的。

庙外已近暮落，密云未雨。

第贰回 偏来 这一阵风

李布衣这才看清楚了那女子项夫人。

这项夫人身上无一处是特别美的，但配合起来，有一种高洁的气质，而又隐透一种沁人的嗔媚……

李布衣这才看清楚了那女子项夫人。这项夫人身上无一处是特别美的，但配合起来，有一种高洁的气质，而又隐透一种沁人的嗔媚，在火光映照下，李布衣也终于忍不住问："项兄和尊夫人……如在下不算眼拙，应该都是家世非凡的人，怎么在这偏山荒野里行脚，不怕歹人么？"

项笑影笑道："怕是怕，但不得不走……"项夫人截道："他好游山玩水，我劝不住。"

李布衣笑笑，这时候官逼民反，宦官当路，民不聊生，像前朝的一个皇帝身边家奴，给他诬枉迫害致死的人就逾万人，而因他相护窜起的人也有近千，这近千口人不择手段去害人，这些官官相护自成一系的宦官尽情搜刮伐异，其危乱可想而知。项笑影这时候跑出来"游山玩水"，李布衣也不说破其意，改口问道："那两位在神桌上躺着的老哥，怎么不一块儿来取暖？"

原来大殿深暗处有两个村夫，一个坐，一个卧，也没作声，不注意是看不出来的，问了这一声，静默了好一阵子，只听一个人冷冷地回了一句，"我们在神桌上，有没碍着你算命的？"

李布衣微微笑道："兄台言重了。"

那人就说："那你就别管我们。"

项笑影笑道："我来时，他们两位也都在了，想必也是躲这场风雨，来打尖的吧？……我请过他们下来一道烤烤火，他们就是没答应……"扬了扬眉，这回算是抑制得住，没往下说。

忽听那公子湛若非叹了一声，吟道："寂寂花时闭院门，美人相并立琼轩。含情欲说宫中事，鹦鹉前头不敢言。"其声哀切，吟罢，又叹了一声。

刚才那首诗，"冷烛"和"绿蜡"，是说芭蕉叶还卷着怕寒，不敢舒展，只待东风一吹，一方面是暗示男女之情，但也可以说是对李布衣表示不欢迎之意，但这一首诗，明显地表示了要倾诉心衷，只怕架上的鹦哥学舌，诗意本是宫女心事，给湛若非吟来，却似对梦中情人暗示心思。

项夫人脸色一沉，眉梢、眼尾、嘴角那好看的情态都没有了，取而代之的是一股英风。

项笑影却很开心，抚掌道："湛公子真是好才学。有湛公子在这儿，今晚荒山破庙，风凄雨迟，也都不怕了。"湛若非冷哼一声，没有说话。

只听那在幽暗里两人中的一人道："不怕？听说内厂在这儿新任的一位检校萧铁唐，最恨的就是舞文弄墨的人，路上见了，路上杀，市中见了，抓回去，慢慢整治，再杀。"他的声音阴阴森森，自内殿传来，十分诡异。

"哇"的一声，阿珠小姑娘禁不住哭了出来，阿珠这一哭，吓着了小石头，也扑到他妈怀里去，那老仆人秦伯，双手藏在袖里，双脚还是抖个不停。

项夫人冷笑说："吓唬小孩，算什么好汉？"一面用手抚自己孩子的后发，一面将阿珠也搂了过来。虽是这样说着，但脸色不禁微微发白。

原来当时贪官污吏，纠结成党，迫害忠良，大凡有志澄清天下，有所作为的大小清官，尽被诛杀，皇帝除了贪花好色外，奇怪的还喜好对他而言最没有用的钱财，宦官自然乐得大事搜刮，这叫"借题发挥"，大半落入自己口袋里。于是在每个地方，强征暴敛，还从锦衣卫和东、西厂及镇抚司外，新加了一个"内厂"的机构，去监视每一处行省，稍有为民执言的好官，就密告上去，堂而皇之加以重罪处死，如果找不出罪名来，就暗加杀害算了。这些"检校"，实则是"探子"，所过之处，都是鲜血铺的道路。

其中也有几个特别厉害，能文能武的，喜私下行动，无须呈报，稍见看不顺眼的，就带几员兵马动手抓回去施用"外刑"，这"外刑"又何止斩、绞、磔而已，死的人被凌迟割三千三百七十五刀，每一刀一停，让受刑者从第一刀割起，至最后一刀致命要三天时间，其间撒盐涂蜜，无不受苦到极限，才能死去。还有一种刑法，将人脱光身子置于铁床上，浇沸腾的滚水淋于全身，直至皮肉烫熟，再以铁刷钉子刷其全身，使肉尽落而后已，还说这种刑求为了犯人能重新投胎做个"面目一新"的人，还是明朝开国皇帝朱元璋规定的，而受这种刑者，绝大部分，都是善良严正，不肯在浊世中与小人朋比为奸的人。

"萧铁唐"据说曾是皇帝老子的近身锦衣卫之一，因书读得不多，有次说话用错典故，开罪了太监张永，几乎丧命，但有另一太监罗祥保他，便到这儿来"避避风头"。在这一带的百姓来说，可就苦透了。"萧铁唐"手下有"一猫两鼠"，专替他抓人杀人，小孩子听见他的名字，都要躲起来哭；大人听了，都要直哆嗦，就像此刻秦伯那样。

这时外面的风渐渐紧了，一卷一卷地涌进来，咔嚓一声，不知神像还是木梁断落了，发出一些声响，那暗里的两人，也吓了一跳。左边那个三白眼的汉子低骂了一声，"别现孬，给人瞧出来就唬不着人。"另一人压低声音回骂道："你也不是一样给吓一跳，谁知道偏来这一阵风。"忽听外面一声驴叫，两人都住口没骂下去，原来又到了一对穷苦的老夫妇，说是采药误了时间，项笑影十分"好客"，照样要他们过来烤火聊天，那老汉说："我们倒是常因采药留宿这庙宇，都有准备，不必客气。"

聊了一阵子，都熟络起来，项夫人抬眸笑道："反正夜长，如果先生不嫌烦扰，就请替他看看命相吧。""他"指的是项笑影。

项笑影愣了一愣，随即笑道："也好，这个……有扰清神的小意思，一定不会少给先生的。"看得出来他对相命没什么兴趣，不过不愿拂他夫人之意，敷衍一下而已。

李布衣笑道："其实也不必看相，我也不缺盘缠。"他缓缓地说，"项兄临难避祸，但以兄台身手，郧县一带，只怕也难逢对手，想必是对头极不易惹。容小弟冗言一句：'王臣蹇蹇，匪躬之故'，辅佐君主，身当国难，不计自身凶吉，当然是好；或不与奸党朋比，宁遁世以避灾，自己无可发挥的时势里，退避一下，也是好的。不过……"说到这里，顿了一顿。

项笑影笑容已有些勉强，"不错，先生好眼光。不知先生能否告诉我等如何避凶趋吉？"

李布衣道："阁下骨清貌敦，眼神有力，积善必多，本非短天之相，不过印堂有疤，劫恶难免。令夫人虽……不过也带贵气，不致身逢大难，不过，两位的小公子额上……"

项夫人关心孩子的情形，将石头儿推前问："他……他怎么了？求先生明示。"

李布衣双眉一沉，又扬了开来，道："给他手掌我看看。"

石头儿对陌生人有畏惧，不知道这人要怎生对待自己，甩头嘟嘴依偎在母亲的怀里，"我不要。"

项夫人劝慰着她的儿子道："乖，乖，石头儿乖，给叔叔看看手掌，天天平平安安。"

石头儿笑着撒娇，"我不要平安，我不要平安……"

项夫人秀眉一蹙，"这孩子怎么说这种话……"忽外面"隆"的一声雷响，噼里啪啦，风力吹得枝叶折坠的声音。

石头儿怕他母亲要他给那人看手掌，因而想起幼时教书先生打他的手板，便躲到他父亲怀里，项笑影见夫人秀眉一剔，倒真有几分愠怒，便赔笑说："算了，算了，小孩子嘛……"

那叫阿珠的小姑娘年纪显然比石头儿长，便说："石头儿，不要给他看。"

李布衣向她笑道："那你伸手掌儿给我看看。"

阿珠别过脸去，"我也不要给你看。"石头儿走过去，跟她手牵在一起，一副敌忾同仇的样子，大声说："是啊，我们都不要给你看，你不要打她，要打就打我。"

李布衣摇摇手，笑道："小小年纪，也懂护人，难得。"

项夫人寒着脸说："就是太不听话。"可以看出来她嘴角的笑意是溺爱的。项笑影说："小孩子嘛。"那书生湛若非叹了一声，又想吟诗。项夫人说："来，这儿有前镇买的卤肉，分了吃吧。"一向随和的项笑影也大声笑道："大家过来吃吧。"掏出镶宝石的小刀割切，分予大家，笑声中，那湛若非也吟不下去了。

这时忽听"砰"的一声，一人大力在桌子上一拍，大声道："死到临头，还吃什么？怕做饿鬼么！"那两个本在幽暗处的人，一步一步地走了出来，映着火光一照，只见两人，一个狭长三角脸，一个四白眼，长了满绺胡子，高大粗壮，长脸的拉长了脸，四白眼的翻着白眼，在如此暮昏暗暝中看来，甚是可畏。

那三角脸的汉子刷地抽出了大刀，在桌子上一放，右脚一抬，踩在桌上，膝微屈，肘抵其上，手托下巴，自牙缝中一个字一个字地道："江湖中有道，要命要钱，只拣一件，这里有把刀，有种拿去宰了我俩，没这胆量就留下买路钱来。"

那两个孩子，吓得忘了哭。那对老夫妇更唬得面无人色，躲在项笑影背后颤抖不已。那三角脸自鼻孔里"嗤"地一笑，阴阴森森地道："刚才你们也提过萧铁唐手下'一猫两鼠'的手段……别说我没提醒道出字号，咱家两人，就是'飞鼠'黄九、'瘟鼠'秦七，凭我两人走遍大江南北，要杀你们，再抢钱财，易如反掌而已，拆庙打泥胎，顺手杀一刀，不过……要是你们知机听话，那就放你们一条生路，只要钱，不要命！"说着又龇咧着他那排黄牙，像要扑人而噬的样子。

那四白眼的汉子紧接一句，"你们安分点，不要在靴子、帽子留着钱，我们可是尖利的眼，瞧着了，哼哼，一律杀无赦——"说着大喝一声，"统统把衣服脱光！"

那老家人秦伯忍不住颤声说了一句，"不可以，我们夫人——"

四白眼的汉子听有人胆敢驳他的话，大怒起来，反手一巴掌掴了过去，秦伯挨了一掌，仰天摔倒。

项夫人柳眉一竖，叱道："你——"忽见那三角脸汉子，反手"啪"的一巴掌，打在四白眼汉子的脸上。

那四白眼的汉子吃了一巴掌，也不敢声张，只是捂着脸闷着声音说："我……我只想下马威，没想到出手，那么……那么重……"

三角脸的汉子斥道："下马威也不是拿老人家出手呀。"

四白眼的汉子垂首道:"是。"也反手掴了自己一巴掌。

三角脸的汉子俯首过去,在四白眼的汉子耳边低声说:"我看亮出'瘟鼠''飞鼠'的招牌,他们早给吓住了,你过去取银子来吧,那肚子凸凸的家伙,定有大把银两。"

四白眼的说话,"叫他们把衣服通通除下,不就行了么?"三角脸又用握刀的掌沿重重在他头上击一下,低声骂道:"有娘儿们在这儿,你没脑袋的吗!"

三角脸这么一说,四白眼就自己掴了自己一巴掌,喃喃骂道:"是呀。咱们劫财不劫色,抢钱不害命的。"

三角脸的低声道:"这才是。"

众人映着火光见二人咕哝着,项笑影便徐徐站了起来,三角脸的叱喝道:"坐下,坐下,否则一刀杀了你。留下孤儿寡妇,你不忍心吧?"他生怕这人不听话,真个动起手来,伤了可不好,忙提醒他是有妻有儿的人。

项笑影笑道:"若是坐着,又如何掏钱给两位呢?"两人都是一愣,细想大有道理,正想答话,却听那相命的微笑问:"听说哪里一带,出了一双义盗,劫富济贫、锄强扶弱,一位叫冯京,一位叫马凉,不知哪位是冯兄?哪位是马兄?"

四白眼的汉子一听就很高兴地说:"我叫马凉,他——"三角脸的给他头上一凿,骂道:"胡说!我们要说自己是秦七、黄九啊!"

李布衣笑道:"两位侠士,怎是那两只害人鼠辈能比?"

四白眼的脱口道:"是啊——"三角脸气不过,又给他一凿,回首向李布衣问:"看不出你这算命的八成真有两下子,怎么知道我们叫冯京、马凉?——"这次轮到那四白眼的汉子给他一记，大声道："我们叫黄九、秦七，谁说我们叫冯京、马凉！"

三角脸的汉子挨了一记，向四白眼的骂道："好名声，不怕认啊。"

四白眼的汉子没好气道："又是你叫我不要认的。"

第叁回

冯京

马凉

原来这两人，真的一个叫冯京，一个叫马凉，因为当时暴政，贪官为用巨款贿赂权臣以取高位，不惜用最残暴的手段压榨良民，可谓民不聊生……

原来这两人，真的一个叫冯京，一个叫马凉，因为当时暴政，贪官为用巨款贿赂权臣以取高位，不惜用最残暴的手段压榨良民，可谓民不聊生，若稍有违逆，下场惨不堪言。这两人原是边防戍兵，镇守蓟门，但见官兵同胞都趁火打劫，抢夺淫虐，每"平"一处即"乱"一处，良民血流成河，被洗劫一空，两人便宁愿出来做强盗，至少可少害几个人。他们没读过什么书，改名换姓，便将"错把冯京作马凉"来充作二人的名字。

两人几年打劫下来，仗着几下身手，本有不少钱财，但都拿来济了贫民，所以还是初一吃十五的饭；两人打劫得多，怕官府又借事围剿，便赖说是这一带令人闻名丧胆的"校役"萧铁唐的手下二鼠干的，果然官人便不敢理了。冯京、马凉当然也嫖妓逛窑，大吃大饮，但不无辜伤害人命，更不敢淫辱良家妇女，两人见项夫人生得端丽，便一直迟疑着，不敢下手，先行装腔作势，躲在暗里，制造声威，本来故作莫测高深状而不烤火充饥，腹饥难耐，又见项笑影亮出嵌有钻石的小刀，终于动了贼心，便要洗劫一番。

却还是被李布衣叫破。

项笑影笑道："两位既是义侠，那就好办，我这儿有些银两，就烦两人拿去助人吧。"说着打开其中一个包袱，亮花花都是银子，不知多少人看得眼睛都直了。

冯京、马凉虽常打劫，但几时见过那么多银两。他俩胆子不大，人多的不敢挑，劫得的多是小角色，哪有今日耀开了眼的银子？那叫马凉的四白眼的汉子便趋过去拿，冯京却一把拖住，项笑影温和地道："来拿呀，劫富济贫，不要紧的。"

那湛若非却打从鼻子里哼一声，低声骂："拿几个臭银子来压人。"项夫人横了他一眼，脸有怒色，只见她生气的时候，眉梢寒着春腮，更是俏丽。李布衣看着，蓦骂自己：李布衣啊李布衣，你命带桃花，这习性要是不改，艳红之劫难逃了！

这时马凉问冯京："他要给，干吗咱们不拿？"冯京挺胸大声道："他既肯拿钱出来济穷人，一定是好人，好人的钱财咱们不劫，才不坏了咱们冯京、马凉的名声。"

马凉想想也点头道："是啊，不能坏了马凉、冯京的名声。"

冯京更正道："是冯京、马凉。"

马凉这回可摇首了："是马凉、冯京，我比你大一岁。"

冯京怒道："明明是冯京、马凉，天下哪有倒转来说的话？何况我功夫比你好，人也比你侠义。"

马凉冷笑道："是么？上次你给官兵追，不是我救你，不早也死翘翘了。"

冯京还想再说，项笑影笑道："好了好了，两位都一样高明，一般仁义，这些银子，由我交出来，敦请两位救济苦民，不算是两位劫的，因我此地不熟，故交由两位哥哥分发，麻烦两位高抬贵手，拿去分了。"

冯京摸摸下巴，道："有道理，我们是帮人忙，盛情难却，何乐而不为？"

马凉也说："我早就说要拿了。"走过去向项笑影道："那我们就高抬贵手了，你可不要肉痛哦！"

项笑影第一次叹了一口气，说："两位肯帮我忙，自是求之不得。这样……也好减轻我对这儿的人一份负疚。"

忽听一人冷笑着问："你们冒充二鼠，可知黄九、秦七二人将人怎样整治么？"

马凉不假思索便答道："他们用的是锦衣卫那些要命的玩意儿，叫'抽肠刑'，将人吊起，铁钩从屁眼钩进去，稀里哗啦，小肠大肠统统出来，妇人更惨……"他本滔滔不绝地说下去，但想起有妇人孩童在，这才住了口。

只听那人紧接着问："这刑是用什么刑具干的？"

这次是冯京抢着回答："当然是钩子啊……"这才想起，惊而反问："你问这些，是什么意思？"那人冷笑着给他看一样东西，问："这是什么？"冯京答："钩子！"冲口答了之后，脸都吓青了。

只见那对采药的夫妇缓缓站了出来，映着火光一站，火光从下颏的阴影凹凸隆陷地映在脸上，令人猜不透他们年龄神态，那老汉说："我叫黄九公，她叫秦七婆。"

那老妇说："你们真幸运，没有几个人在死的时候，能看见自己肚子里的大肠小肠。"乒乓一声，两人都亮出了银钩，在火光中熠熠生寒，像有数股血焰在钩身游走，很是诡异。

马凉听得倒抽一口凉气，迅速伸手拿回桌上放的大刀，却不料银光一闪，大刀已被黄九钩去，挂到空着的手上。马凉气得一跺脚，冯京骂道："是不是！我都说，江湖有道是刀不离手，你怎么如此大意！"

马凉百忙间不忘回骂道："我怎知道那对活王八真窝在这儿？"他虎地跳到桌上，扎马提拳，大声向众人道："你们快走，我们挡这对妖怪一阵。"黄九、秦七齐发出一声冷笑。

其实冯京、马凉何尝不知自己绝非这对煞星的对手，听得这冷笑，背上都冒了汗。

忽闻项笑影悠悠地道："两位高义，我等心领。只是秦七、黄九，并非为两位而来，如果区区没料错，是冲着在下来的。"语音清正悠长，每字清晰入耳。

马凉听了，大感丢脸，便道："谁说的——"这时黄九阴阴笑道："项公子，难怪内厂派出去追杀你的几个杀手，一个都没回来了。"

项笑影比较严肃了，说："我也没想到，会劳动到两位大驾的。"

黄九鼻子微哼一声，算是冷笑，"其实，项公子这等大案，又岂止我们夫妇出手而已？"

这时项夫人也缓缓站起，秦七瞧在眼里，见项夫人站起来的姿势，堪称无懈可击，秦七紧握钩柄，却一直攻不出去。项夫人冷冷地道："双鼠既出，'九命猫'也不远了吧？"

秦七发出一声夜枭般的怪笑，"萧铁唐萧大人和'九命猫'唐骨唐副检校，随时随地都会出现，替你们送终。"

项笑影微微一笑，"刚才递干粮给二位吃的时候，也差些儿教二位送了终。"

黄九道："可惜阁下全无破绽，教我十三道杀手无处出手。"

项笑影笑着说："是十四道。"

黄九寒着脸道："一点也不错。"遂而厉声道，"项笑影，茹小意，跟我返京，念你们一身武艺，当从轻发落，只要实话实说，清楚了便放你们回去，可能还会重用。"

项笑影脸上抹过一丝悲辛的笑容，说："入诏狱能安然出来，就不叫诏狱了。"

黄九变色喝道："姓项的，你想灭九族是不是？别以为你老子是项忠，便可以口出狂言，辱及朝廷！"

项笑影冷笑道："好大的罪名！你少给我扣官腔，我爹爹助宦官为虐，确是做了不少恶事，敉乱时更滥杀无辜，但也教你们害得他躯肤不全，我们逃亡天涯，你们如此苦苦追缠不休，是何道理！"

黄九哈哈笑道："昔年项家出逆子，反对乃父所为，离家出走，哪个不知？我们忌于项忠声威，才没敢真的动你，而今你老子早已在诏狱变成张人皮，正要你做儿子的回去瞻仰！"

项笑影的脸上露出了悲愤之色，项夫人上前一步，碰了碰他手臂，向他摇了摇头，意思是叫他不要激动。项笑影长吸了一口气，缓缓地道："这事是我和内厂朋友的事，与他们无关，两位高抬贵手，生死一人事了。"

黄九阴阴一笑道："哪有斩草不除根的可笑道理？"秦七接道："在这里，人人都得给锁起来，带回去，否则就瞧瞧自己肝脏是啥颜色。"

项夫人茹小意侧身向李布衣及老汉秦伯道："孩子倒要麻烦二位看顾了。"这一句话，显然对这一战并无十分把握才说的，李布衣点点头，"夫人放心。"秦伯激动起来，"夫人，老身一定把石倌儿照顾好……"

项夫人微微颔首，石头儿却蹦跳了出来，扑红着脸鼓起了涨鼓鼓的腮，瞪着黄九、秦七大声骂道："你想对爹爹、娘亲怎样？我石头儿打死你们、打死你们！"说着扬起手来，真像他家里教书先生要打人板子的模样。

项夫人一伸手，把石头儿拖回去，黄九忽将手中的刀交给秦七，冷哼一声说："好，我就先拿小的开钩！"冲天而起，一钩照准石头儿劈下！

项笑影身形一长，已拦在石头儿身前，别看他身形稍嫌胖矮，动起来身形十分舒闲好看，只见他"铮"地掣出一剑，与银钩交击一下，星花四溅，地上火焰为之失色。

只听黄九沉嗓喝了一声好，身形不沉反升，已到了项笑影头上，银光熠熠。

钩芒陡落，项笑影又一闪身，避了开去；如此钩芒在半空疾闪了十二三下，项笑影一一避了开去，黄九在半空，力已衰尽，不得不落下来了。

这黄九外号"飞鼠"，确有过人之能，在半空出袭十数招，一直采取居高临下之势，若非项笑影身形倏忽，轻功极佳，早已丧生。但"飞鼠"黄九一落地面，脚尖未沾地，项笑影便发动攻击了。

项笑影长身发了三剑，又急又快，黄九也非同等闲之辈，回钩接了，发出玎玎玎三声。

项笑影歇得刹那，黄九又挥钩来攻，项笑影剑势一沉，挡地格在钩上，将钩震了开去，又接连攻了三剑。

黄九急忙回钩去接，又发了三下急响，停得一停，黄九立时反攻，又教项笑影接了过去，紧接着又向他刺出了三剑，黄九再硬接了三剑，发出三下轻响。只见项笑影的人影疾闪，身形如鹏鸟一般，但又灵动迅疾，在旁人听来，三下清音一下重响，周而复始，十分好听，直似两人在合奏一首乐曲一般。

只是在黄九心里，却暗暗叫苦，原来他的招式，已为项笑影的身法所困，不得已配合了三剑一钩的套招，如此一来，旁人看来他似还有还手之能，其实招式如箭矢被人扣在弦上不得不发而已，久之必为对手所趁，只要一剑接不好，便有生命之虞。

只听"玎玎玎珰""玎玎玎、珰""玎玎玎——珰""玎玎玎……珰!"的声音不住传来,悦耳曼妙,但那一声黄九回钩反击之"珰"响,却是愈来愈慢,响得愈来愈沉重。

秦七见丈夫危殆,银钩一闪,疾撩项笑影背门。

项夫人将孩子牵拖在一起,交到秦伯、李布衣处,早已准备,一见秦七出手暗算,她"铮"地拦剑格住。

项笑影对背后来这一剑,似早已料到爱妻定必来援,故全不加理会,并没有因之分心,一把剑仍是和着节拍,把黄九笼罩得天网一样密。

可是秦七十分狡猾,她一钩递出,便知项夫人定必来援,另一手的刀却扔了出去,直飞项笑影背门!

这下项夫人拦得住秦七的银钩,却拦不住秦七脱手飞出的单刀,当下叫道:"当心!"

她自然是叫项笑影"当心",那书生湛若非听到了,又叹了一声。别人在舍命拼生死的时候,这人却自个儿怨艾叹气,就连李布衣也觉得难以忍受。

第肆回

铁骑神骏 蜡烛焰

项笑影身手灵便，反应敏捷，听得娇妻一声呼唤，便立即回身一挡，将刀格飞，那马凉骂那冯京，"你把大刀放在桌子上，给人夺了，可害苦人了。"

项笑影身手灵便，反应敏捷，听得娇妻一声呼唤，便立即回身一挡，将刀格飞，那马凉骂那冯京，"你把大刀放在桌子上，给人夺了，可害苦人了。"

冯京也十分懊丧，"你有刀，怎不过去打？"

马凉一挺胸，道："大丈夫有难不当，难道缩在这儿作窝囊，打就打！"挺刀冲出。

冯京呆了一呆，也道："你有刀能打，我无刀也能打，哪有两兄弟一个打一个闲着的？"也擂拳冲出。

这时两对人马战得剑影纵横，钩飞连天，两人不知从何插手好。李布衣劝道："两位义勇过人，不如护着这两个小孩，使他们父母专心御敌，这件大事非二位不能当。"

项笑影格了那一刀，情形遽转，黄九全力反攻，东一钩，西一钩，都是狠劈蛮斩的，项笑影连使三剑，到了第二剑，便给截了下来，与对方兵器硬接，黄九腕力沉猛，震得项笑影手臂发麻。

又战得一会儿，项笑影的节奏全给打乱，剑法便不如先前灵动，而身法也不如前畅舒了。

黄九抓住时势，全力反击，一面以钩嘴来拗折对方长剑，一面在激战中发出沉声断喝，来扰乱项笑影剑法中节奏的精髓。

项笑影沉着应战，黄九的断喝不时传来，确分了他的心，但最主要的，他是忧心爱妻茹小意的战况尤甚于己，所以功力大打折扣，不过他的剑法愈使到后来，愈是精彩，愈能发挥出其精华所在，正如音乐大合奏中的一线清音，奏到酣处，可以忘神，自成天地，不暇外给了。

黄九钩法虽然凌厉，却取之不下。

项夫人茹小意的剑法，却是跟岷山派剑法显然不同，只见她风姿曼妙，直似天女一般，十剑中有七剑是在半空出袭的，而其他三剑，姿势如鹤临风、如莺凌空、如鹏回峰，每一剑却似舞在山巅，暮然向凡间挑出一剑一般。秦七跟她打了三十多个回合，变成了披头散发的夜叉。

原来秦七衣发都挨了剑挑，只是她应敌经验极富，机变百出，每遇险招，都能及时逸去，但身上衣服、发饰，不免被切开割破。

湛若非拍手叫了一声，"好！"欣喜爱慕之情，倾现脸上，只听他忍不住道，"好一套'天女剑法'，师妹进步了！"

他这样一声呼唤，只见项笑影的背影一颤，如同被什么东西在前胸击了一下，但黄九并没有击中他，可是在他一颤之际，黄九趁机出招，"嗤"的一声，在项笑影手臂上划了一道血口。

项夫人茹小意眼观六路，见丈夫受伤，出手稍慢，秦七钩陡地一搭，扣住了她的长剑。

要知道钩这种兵器，也可以说是兵器中的克星，肉体给它钩着，自然皮开肉绽，但若教兵器被它钩着，也可能被劈手夺去或折为两段，这个茹小意自然知道，忙抽剑拧腰，开脱钩扣，但犹"乒"的一声，给秦七银钩锁崩了一个麦粒大小的缺口！

茹小意不觉"哎"了一声，向后退倒了几步，项笑影听他爱妻叫声，心里一急，左腿又着了一钩，但两人的背，却贴在一起，这一刹那，项笑影扬起了眉，挺剑反攻，一气呵成，迫得黄九手忙脚乱，又发出一片好听的兵器交击声来。

茹小意就着这片兵器声中，曳跃轻挪，接连出剑，只见项氏夫妇在这一片音节祥和中，剑若飞凤游龙，得心应手；而秦七、黄九却左支右绌，狼狈异常。

项笑影夫妇二人，在剑影游光中丰神俊朗，好匹配的一对人儿，湛若非这时却不叫好也不拍手，只叹了三声："罢，罢，罢。"

冯京禁不住骂道："你叫什么爸爸的，待会儿项大侠又给你分了心，看老子不撂了你！"马凉也没好气，可要补骂几句，却见湛若非怔怔地望着项夫人袅娜闪腰的背影，整个人似给抽去了生命，眼球里都是血丝，直似淌到脸上来。

马凉见这人如此伤心，便骂不下去了。

眼见项笑影夫妇大占上风之际，忽然之间，从外面刮进来一阵风，带着几点雨丝；夹杂在风卷残云之声中，还有一阵密骤的微响。

项笑影、茹小意、黄九、秦七都停了手。

那声音渐渐形成巨响，迅速接近，秦七、黄九脸上都浮现了诡奇的笑意。

那湛若非沉声喝道："还等什么？快些杀了！"

项笑影、茹小意一声断喝、一声清叱，双剑齐出，黄九、秦七奋力接下二人杀招，那股旋风，已掠过丛林，越过高山，扫过庙前的灌木尘沙，"呼"地卷入庙里来！

一时之间，尘沙弥漫，陈旧古庙中梁柱泥石簌簌而下，沙粒吹得人张不开眼，尘垢罩得人一身都是，两个小孩都躲到了秦伯背后，算命先生的怀里。

就在这时，随着劲风，卷入一骑！

铁骑神骏，直驰入庙，只见马上的人绿色的披风像一张蛛网一般，背风闯入，倒是免了飞沙扑面，就趁大家视线模糊的刹那，那人腰际陡地掠起一道红光，红光上是一点厉芒，同时间斩向项笑影，刺向茹小意！

这时飓风扑面，不是人力所能抗拒，那人背风而入，占尽地利，一招双杀，端的是十一大门派中未见之杀招，就在这时，一人飘起，"笃"的一响，一根轻若薄纸的竹竿，敲在那红影白芒的兵器上，一来一往，交了五招，红影白芒始终摆脱不了竹竿，"呼"的一声，使竹竿者倒飞去，依然护着两个小孩的李布衣微笑端坐，宛似未动过一般。

绿披风骑士猛地勒住缰绳，烈马长嘶，戛然而止，马上的人用兵器指着李布衣，厉声问："你是谁?!"

这时风已止歇，项氏夫妇清清楚楚可以看到，那人用的兵器，可谓奇特已极：原来是一只幼童臂儿粗、比剑稍长的红蜡烛，形状酷似，只是上下两面，不是弧圆而是平扁的，上雕一只三不似的怪兽，下刻一只四不像的飞禽，"蜡烛"前头，还有"火焰"，不过这火焰是一极锋锐的尖刃，色泽如同火焰一般。

当然这"蜡烛"并非蜡制的，不知由什么所造，"烛身"平扁，四角都极其锐利，所以那人一招间，可直截横斩，一下手，便要连杀二人。

项夫人茹小意冷着脸孔，问："是萧铁唐?"

那人在马上哈哈大笑，却不答她。

项笑影向李布衣一拱手道："今日的事，全是小弟惹起，要被人杀是姓项的，要杀人也是姓项的，与大家无关，请不要插手此事。"

他知道来的是劲敌，而且要是真犯了杀人放火的大罪，也不过是躲避官府，大不了一死了之，但而今是出动了东厂、西厂、内厂、禁军、锦衣卫，就算为了一点芝麻绿豆的鸡毛蒜皮小事，天涯海角也无处遁身，死也落得个重罪，剐心剁肺，难免九族七族都赔了上去。故此，他并不希望任何人踩入这趟浑水。

那萧铁唐在马上戟指下来，向项笑影斥喝道："你横也死，竖也死，还不快些自己了决，要我奸了你老婆将你儿子大卸八块才瞑目吗——"

项笑影身形一闪，"刷"地刺出一剑，身形又一晃，再刺一剑。马凉听那官儿说完了那句话，倒抽一口凉气，说："妈巴羔子的，咱们做强盗的，说话也不够这些皇帝老子身边的人狠！"

冯京苦笑道："比起他们来，咱们只算尾巴上绑芦花，假充大公鸡罢了。"

两人说了这句话，只见那萧铁唐马前马后，马左马右，尽是排山倒海，如万壑排涛的剑影。项笑影一直温文可亲，此刻显然是因为萧铁唐所说的事令他恨绝，是故全力出手，不留余地。

岷山派的剑法，节奏一连变，明快利落，但使到酣时，只见项笑影手中剑芒一吞一吐，时如长蛇出洞，时如猛虎出闸，斗到狂时，仿佛飞龙在天，长空击下，又如亢龙有悔，沉吟不已。

萧铁唐招架了十几招，只觉对方招法甚奇，愈打愈妙，便想对打下去，但他毕竟是一流高手，乍然一醒，但身前四侧，已伏满剑网杀招，萧铁唐只觉一不配合对方出手跌宕缓速，胸口即生起一阵烦恶。

这萧铁唐可是见过大风大浪的，他强定心情，一沉肘，"嗖"的一声，"蜡烛"顶上"火焰"疾射而出，"嗤"地自剑网中穿了进去，项笑影急闪无及，白芒没入左肩！

项夫人茹小意挺剑要来救，但秦七、黄九二人两柄钩子，早缠住了她。秦七桀桀笑道："你那汉子先死也好，省得看你受活罪。"

黄九怪笑道："正是。我这口子不会吃快死的人的醋。"

茹小意气得脸色惨白，剑式大乱，黄九、秦七正是要她如此。

湛若非站了起来，握拳喊道："师妹，师妹，不要分心……"冯京、马凉这时早已一个抄起地上的刀，一个已一刀向那马上的萧铁唐劈了出去。

萧铁唐冷喝一声，"找死！""蜡烛"一抢，砸开了马凉的刀，一脚将他踹飞出去，策马过来要将项笑影活活踏死。

项笑影虽受了伤，但身法依然灵敏，萧铁唐几次没有踩着他，只听李布衣扬声道："攻他马脚！"项笑影闻声顿悟，萧铁唐一直高踞马上，披风扬动，自己根本认不准部位刺他，不如先把他坐骑刺倒的好，所以招式一变，一剑一剑地尽向那骏马刺去。

那马甚有灵性，跳跃腾起，项笑影剑法快奇，萧铁唐策马走避，居然在小小的庙宇之内，勒马上抬、绕梁、回阶、吊蹄，跃上跳落地将项笑影的刺击一一闪躲过去，一面自马上向项笑影猛下杀手。

虽则如此，因萧铁唐爱惜坐骑，一时反而在这碍塞处处的窄庙里杀不下项笑影。

但茹小意那边可不同了，黄九、秦七可全力出手，茹小意被前后夹攻，轻身功夫无法施展，冯京掩到秦七背后就要一刀，斫到一半，大声喊道："臭婆娘，别说我没有先打招呼！"便一刀斫去。

砍到一半，猛想自己男子汉大丈夫，向女人下手，总是不好，便硬生生停住，忽觉腰间热辣辣地一疼，原来已着了一钩，正想破口大骂："臭婆娘……"那秦七微噫一声，已无暇向他出手，虎尾脚一撑，将他撑飞踢出去了事。

其实冯京幸好斫到一半就因自恃好汉不杀女人而陡然住手，否则秦七本早等他这一刀迎来，回钩将之裂肠破肚，但冯京改变主意，及时收招，反而保住性命。

第伍回

敦煌
天女剑

　　黄九、秦七两柄钩合拼茹小意，这两夫妇也不要脸，黄九一面说些淫狎的话，秦七居然也发话助她丈夫的兴。茹小意恚怒间分心向项笑影处张望⋯⋯

　　黄九、秦七两柄钩合拼茹小意，这两夫妇也不要脸，黄九一面说些淫狎的话，秦七居然也发话助她丈夫的兴。茹小意恚怒间分心向项笑影处张望，刷地险些着了一钩，本来缩着的高髻便撒落下来，衬得一张在拼斗中的俏脸，是何等清丽，也映得身材更是窈窕，在火光中，湛若非看得痴了，再也忍耐不住，仗剑冲出，边叫道："师妹，你要我再也不准管你死活，我……我今个宁愿死在你剑下，也不能不管！"

　　说着一剑向秦七背后刺去。发剑之时全无招呼。

　　但在他要出手助茹小意之前，已悲声说了那几句话，所以秦七早有防备，见他挺剑刺来，反身出钩，准备一钩子把他脑袋和脖子分开。

　　可是湛若非这一剑之奇，非她所能想象得到。她身是转过来了，虽及时侧了一侧，却未暇出钩，那剑已刺入她膊骨里。

　　秦七闷哼一声，临危不乱，反手一钩，迫退湛若非，咬紧牙关，整个脸都因痛苦而像抽搐一般。

　　湛若非也不去理会她，挺剑围着黄九滴溜溜地转，忽出一剑，必令黄九穷于招架。原来湛若非武功比项笑影和茹小意都还要好，这时才看了出来。

　　只见他剑势飘逸，剑法潇洒，但可能因身子单薄，显出一股略微寒伧之意，背影更为凄凉，但就着茹小意曼妙的剑意，两人在剑光中、火光中像一对翻翻彩蝶，真是人间天上的一对。

　　冯京哼哎哼哎地爬起来，看得怔住了。马凉负伤不轻，却叫道："妈呀，看他原先不出手，原来他……"这时黄九已被两人剑法配合逼得手忙脚乱，秦七负伤忍痛，加入战团，也扳不过局面来。

湛若非愈战愈陶醉，神采益然，跟刚才独自叹息判若两人，只听他喜道："师妹，师妹，没想到湛若非今生今世，还能有缘跟你同使这一套'敦煌天女合璧剑'……"语音痴狂，犹似梦中。

茹小意竖着柳眉寒着脸，几下急攻，要杀出一条路来助她丈夫那边，但因湛若非并不配合，故力有未逮，还是给二鼠封住。她又急又怒，叱道："湛若非，你少痴缠，你去救我丈夫，这儿我一人应付。"

湛若非摇首道："你这儿危险，我先救你……"茹小意急得什么似的，大声道："我跟你素无瓜葛，一起在师门练剑，我根本没喜欢过你，你瞎纠缠什么！我是有夫之妇，你不要这般来害我……"

湛若非如遭雷殛，整个人都怔住了，"噗"地左臂挨了黄九一钩，还浑然不觉，只听他颤声道："……你……你……可是你在众多师兄弟练武时，为什么对我一人笑？……为什么我装败时，你会脸红，打胜你又会哭？……为什么你在园中跟我吟诗作对，跟其他师兄弟却没有……？"

茹小意气白了脸，湛若飞这样幽声追问着，两人剑法便迥然不同，威力也大打折扣，黄九、秦七渐扳回和局。茹小意实在气得什么似的，白着脸说："姓湛的，你少自作多情，师兄弟中，只有你诗才较好，所以向你请教，你别……我从来没有喜欢过你！"

湛若非整个人如同被一记棍子打着了后脑，陡止了下来，摇摇晃晃走了两步，悲声道："啊，枉我相思十年，间关万里寻你，为续这一段情……"

茹小意艰力使剑，一面说："所以我一直叫你不要跟来，我怎会……"忽"哎呀"一声，几乎着了秦七一钩，左颊添了一道淡淡的血痕。

湛若非一见茹小意俏脸上鲜艳惊心的一点微红，人也狂了，和剑扑上去，这下狂攻，姿态不再优雅曼妙，而是处处抢先抢攻，似非要将刺伤茹小意的秦七斩之于剑下方才甘心。

茹小意摇首道："你若还是我师哥，就快去救我夫君。"

黄九怪言怪语地道："是啊，丈夫面前不好做奸夫啊。"果然湛若非闻言大怒，疯狂攻势转向黄九，才解了秦七之危。

湛若非大声道："他是奸官项忠之后，人人得而诛之，我不救。"

茹小意现又跟秦七战在一起，两人都受了伤，功力相仿，旗鼓相当，茹小意缓得一口气道："你快去……否则我永世不理睬你。"

湛若非一听，剑法便迟滞了。茹小意忽反剑一斩，斩在其左臂上，素衣立时染了血红！

湛若非失惊叫道："你——"又中了黄九一钩，伤在胁下，但他浑然未觉，"你怎可如此！"茹小意刷刷刷三剑狠攻，逼开秦七，又一剑斩向自己，哭道："你不去，我便——"湛若非长剑一引，后足拍顶，"珰"地架开茹小意自伤的一剑，但黄九那一钩，他只来得及把头一偏，左耳便给钩去一块肉，立时鲜血淋漓，半片脸尽是血污。

茹小意见湛若非满脸鲜血，也吓着了，叫着："你伤——"湛若非见茹小意还关心自己，也不知是悲是喜，眼泪渗在血污中，也没人看得出来，他狂吼一声，三剑连环着三剑，逼得黄九似惊鼠一般后退，他趁机杀了出去，一面怒愤地说："好，我舍了这条命，去救他，但我是为你，不是为他——"说着分神，这次是着了秦七一掌，终于忍不住，痛得叫了一声！

那边也传来一声呼叫，原来项笑影终于抵挡不住，被马撞倒，他又硬拼了几剑，但剑也给萧铁唐砸飞了，腰际吃了一下，情形十分危殆。

冯京、马凉又挺刀杀了上去，萧铁唐忽一扬手，五点寒光，急打马凉。

马凉跳跃着去闪、舞刀去格，也不过能挡去二枚，其中一枚，打在他腹中，他哎哟一声倒下，另外两枚，竟然折向冯京，冯京挥刀想救他的兄弟，没想到暗器忽飞向他来，慌忙间只砸飞了一枚，肩上也挨了一下，痛得连刀都扔了。

原来击中他们二人的是飞蝗石，萧铁唐一手五石，立即伤了二人，这样也毕竟阻得一阻，湛若非已借秦七一击之力，扑了过来，一剑向萧铁唐刺来！

萧铁唐冷笑一声，"蜡烛"一圈，要封住来剑，这下反守为攻，一旦给他搭着，这剑便非得撤不可。

只是湛若非变招甚急，剑尖一垂，直刺萧铁唐的坐骑双目之间！

萧铁唐爱这匹马，如同性命一般，怎容人伤它？"蜡烛"横扫，向剑锋打落，这一硬封，已不及先前从容，但声势上更加威猛！

他变招快，但湛若非变招更急，剑尖一挺朝上，仍变作飞刺萧铁唐，只不过势道改了，不刺头而刺小腹！萧铁唐这下变招已无及，陡地空着的左手"嗤"地一弹，一枚铜钱，疾射而出，在剑尖离腹肌半尺前出手，剑尖离腹肌三寸时击中，"玎"的一声，剑尖一偏，擦腹而过，说时迟，那时快，萧铁唐的"蜡烛"已横扫向湛若非！

两人一招三变，原是电光石火间的事，这时湛若非扑到刺空，萧铁唐也纵马而上，猛下杀手，忽剑光一闪，"珰"地架住"蜡烛"，原来项笑影已及时拾回长剑，替湛若非接下这雷霆一击了。

人骑擦身而过。

茹小意呼道："你们……小心一些。"其实她处境实是危殆，长剑已给双钩扣住。

湛若非听茹小意这一声叫，只听到"你"字没听到"们"字，便觉得：她还关心我，为她死了也值得，还教她记挂自己舍命的情意一世，那是多么的好……便向项笑影疾道："你别管这儿，快去帮我师妹！"

项笑影一愣，看见他一身是血，而萧铁唐又策马冲了过来，"你……"湛若非立意要与萧铁唐拼个玉石俱焚，骂道，"小意遇险，还不快去！"这时人吼马嘶，萧铁唐已然冲到！

项笑影见爱妻遇险，情义无法双全，一咬牙道："好！"挥剑直掠秦七、黄九处。

项笑影蹿向茹小意那里时，湛若非只觉心里一阵痛，这时萧铁唐已然策马杀到，湛若非早已把生死置之度外，也不闪躲，一剑攒了过去，只图拼个两败俱亡，好让茹小意感激一世。

萧铁唐的武功胜于项笑影，湛若非的剑法也比项笑影高，可惜他受了伤，但湛若非此刻所使的剑法，俗语说：一人舍死，万夫莫敌，萧铁唐自然不愿与湛若非同归于尽，所以反而处处让避，不让湛若非得逞，这样一来，湛若非毫无惮畏，"敦煌剑法"悉尽发挥。

但这萧铁唐的骑术十分之好，在这破庙残垣之间，勒辔纵跃躏跳，直似马也会施展轻功一般，湛若非与他交手一十七回，但兵器始终未曾交击半响。

这时项笑影、茹小意夫妇联袂应敌，剑光回映，发出好听的兵器交击之声，茹小意凌空曼妙，渐渐将战局扳回。

湛若非用眼角瞥了一下，见茹小意与项笑影二人配合的剑法也珠联璧合，鸾凤和鸣，自己适才跟师妹的搭配搏剑，独似一场春梦无痕，感到心灰意懒，脚步一缓，给那匹马撞个正着！

湛若非心中一栗：自己未曾手刃萧铁唐，如此死了，大是不智……意随心生，借力往后，倒飘八尺，已到李布衣身边，一时并未站稳。

萧铁唐叱喝一声，又策马冲至，湛若非侧身一让，萧铁唐的"蜡烛"却由上至下劈落！

湛若非情知内力上自己逊于萧铁唐，但在此刻，又不能避，只好迎剑硬接！

"珰"的一响，"蜡烛"压住长剑，湛若非正要苦苦扳回剑身，这时"蜡烛"上，忽然间"流"出两滴"蜡泪"！

这两滴"蜡泪"，就似点烛人不小心倾斜烛台，给蜡泪溅在手上一般，滴在湛若非的手背上，湛若非手背立即被灼痛，冒出了烟。

湛若非一疼，便扳不住"蜡烛"，那"蜡烛"烛头一翘，向着湛若非胸前，"嗖"地又打出一片火焰一般的"蜡焰"！

这下"蜡烛"压剑，"蜡泪"伤人，"蜡焰"更万万躲不过去了！

就在这时，萧铁唐坐下之骑，长嘶一声，蓦然仆倒！

李布衣就在这刹那间，竹杖在马脖子里刺戳了一下，以萧铁唐的功力，也没看清楚对方是怎样出手的，马便仆倒，人也翻落，在这种情形之下，"蜡烛"反被长剑压得转向那一片"蜡焰"，"噗"地射入他的心口里去！

萧铁唐虎吼一声，离鞍冲起！

湛若非把握这千载难逢的时机，一剑刺入萧铁唐小腹里去！

萧铁唐本是直冲而起，吃了一剑之后，变作后掠而出，"嗖"的一声闷响，身体脱剑而出，洒下一路血花，怵目惊心。

萧铁唐勉强站定，向李布衣戟指道："你……"湛若非这才发现这萧铁唐，不过是五尺不到的一名壮汉，难怪他要乘马以壮声势，一旦离开了马，便显出他五短身材来了。

只见萧铁唐狂吼道："为什么？……"忽然一扬手，发出三枚铁蒺藜，品字形呼啸着射向李布衣！

若这三枚铁蒺藜是打向湛若非，湛若非就一定躲不了，因他断未料到萧铁唐遭受二次重创仍能反击，但这三枚铁蒺藜是向李布衣射去！

因为要不是李布衣及时刺杀了他的坐骑，而今死的早就是湛若非了。

萧铁唐显然是恨死了李布衣从中作梗。

湛若非见萧铁唐如此凶悍，生怕李布衣接不下来，但要扑去营救也来不及了，心中震怒，飞剑掷去！

"嗤"的一声，长剑贯萧铁唐之胸而过，萧铁唐巍巍颤颤退了七八步，嘶声道："……你……真是……神相……李布衣？"

只见李布衣依然端坐着，那射向他的三枚铁蒺藜，已神奇地不见了，就似射到一半，忽然被一股不可思议的力量使之失踪一般。

李布衣脸色凝重，点了点头。

萧铁唐仰天大吼道："我……萧铁唐——"声音忽戛然而绝，仆倒在血泊中了。

湛若非暗自捏了一把冷汗，瞥眼看着李布衣，暗中惶惑，那秦伯忽然近前，自腰间抖出一物，迎风一抖，竟是一柄软剑，交给湛若非急道："公子，少爷、夫人那边，还望你施援手。"

湛若非一怔，接过了剑，只见项笑影、茹小意夫妇已逼住秦七、黄九，只因他俩身上伤势不轻，故一时拿不下黄九、秦七。

湛若非凝视剑身，剑光如泓，映出自己窄长的半身和血污可怖的脸，湛若非苦笑道："好，我就好人做到底吧。"挺剑而出，加入战团。

第陆回 是谁杀死那孩子

秦七、黄九本来力敌项氏夫妇，已渐感不支，再加上个湛若非，更是落尽下风。项笑影徐疾按照节奏速度攻守飘逸"岷山剑法"，茹小意曼妙的身姿剑影……

　　秦七、黄九本来力敌项氏夫妇，已渐感不支，再加上个湛若非，更是落尽下风。项笑影徐疾按照节奏速度攻守飘逸"岷山剑法"，茹小意曼妙的身姿剑影，湛若非的潇洒剑法，三人如同在音乐旋律之中，剑器交击声响处三条人影袅动，丰姿百生，逼得黄九、秦七缓不过一口气来。

　　湛若非心中却想：现在虽然如琴瑟相和般地美好，但小意还是属她丈夫的，只要一杀了这两人，她就不再理会我了……他年少时一直倾慕小意师妹，小意一颦一笑，都留给他莫大的眷恋，但是，师父、师母却贪慕项忠的权势地位，把小意嫁给了项家的人！……所以他学成剑后，发誓要找到她，但项家已败落，满门遭锦衣卫杀戮，项氏夫妇也已失踪……他浪迹江湖，这许多年，一直企盼着上苍见怜，愿小意平安无事，他能有日觅着她，从此两人过神仙般似的生活……却在数日前，终于在荒道上，天可怜见，让他遇到了小意，可是，小意不睬他，装得和他素不相识，开始，他还以为小意师妹因项笑影前不好传情，所以厚着脸皮跟随一道行走……但是到今日这一战，他才知道，过去幕幕绮丽甜梦，往后幢幢凄伤孤影，他真希望这一战永远不完。

　　茹小意心中，却有些急，有些不安，她年少的时候，当然不是对师哥绝对无情的，嫁去项家时，也确几番斩不得的情丝，但与项笑影日久相处后，知道项笑影忠厚殷实，志节清奇，对她又好，她心中早已把曾系念寸肠的师哥忘却……尤其在这她与夫君天涯落难之际——两人在一起，也不知经历多少苦难，那些躲避追杀的黑夜心身相贴，还有自己所宠爱的孩子小石头……教她怎么可能再对湛师兄稍假颜色？……而他刚才大呼小叫自己做师妹，夫君不知听到了没有？若是听到了，会不会教他对自己生了疑心？……想到这里，她更心乱得可以。杀了这两人后，真不知怎样去应付这三个人的场面。

茹小意很心乱，项笑影的心何尝不乱？他听闻那书生这般哀凄地唤他的妻，他一切都明白了，但心中总想着：不会的吧，小意一直对自己这么好……但看湛若非如此情痴，断计是假不了的，如果那书生真是无赖，小意又干吗向自己隐瞒？……听他们叫唤，便是相识在自己之前，是师兄妹了，他想想自己微凸的肚子，而今落魄江湖的身世，只是累小意受苦了，而那姓湛的书生又如此情痴……他多想告诉小意，叫她不要顾虑自己，把小石头留给他吧，父子俩相依为命，小意要跟谁，就跟谁好了……可是当他想到小意如果选择离他而去时，心里就一阵痛楚，招式也变得没气力了。他忍不住瞥向茹小意，小意不敢看他，却看见湛若非因为觉得是最后一次合璧联手了，所以他痴痴地看着小意。三人各有所思，秦七、黄九对觑一眼，骤然双钩联手，全力攻向茹小意！

茹小意在羞赧愧乱中，不及招架，湛若非、项笑影自是大惊，连忙抢身代为挡架，但两人见着一齐急出手，又有些不自然起来。

这霎息间，黄九、秦七一往外走，一朝内闯！

黄九大叫道："扯呼——"

秦七却叫道："萧……"

她是冲向庙内，直扑那两个小孩，李布衣大喝一声，"不能放虎归山！"这两人是内厂高手，若返京城，项氏夫妇等胆敢杀禁军，不知会招来多少麻烦，还有不知多少无辜的人要受牵连！

湛若非、项笑影、茹小意三人俱是一怔。

　　李布衣飘起，身形如一面急旗，刷地截住黄九去路。

　　黄九猛歇身形，再想朝侧扑去，湛、项、茹三柄剑，已一齐刺进了他的后心。

　　同时间，秦七五指一钩，尚未触及石头儿，那秦伯一双掌，陡地劈在秦七天灵盖上！

　　秦七因不料及这个一直未出手，老得似已挺不直腰的老人家，竟会是"鹰爪门"中的好手，因情急要抓住石头儿当人质，一招间便给秦伯劈倒。

　　湛、项、茹一起出手刺倒了黄九，便要赶来救石头儿，项笑影和茹小意护子心切，更是焦急，但一回身瞥见"秦伯"一爪震死秦七，整个人都似钉子给打到墙里去，嵌住不动了。

　　石头儿在他另一只手掌下。

　　湛若非虽也没料到"秦伯"竟谙武功，但他对"秦伯"并不似项氏夫妇那么熟悉，所以反而没那么吃惊，他扑到半途，见秦七已死，便陡地降下，蓦想起战斗已然过去，心中惆怅了起来。

　　就在"秦伯"出手击毙秦七的刹那，石头儿和阿珠，忽然失去控制一般，骤离"秦伯"，撞向湛若非！

　　湛若非一呆，怕两个小孩摔伤撞折，连忙一扶，——至少看过去确是如此，就在此刻，李布衣失声"啊"了一声。

　　李布衣叫出那声时，项氏夫妇不知道发生了什么事。直至李布衣叫了一声，项笑影和茹小意定睛看去，只见湛若非是挟住了两个小孩——他用手扣住两个小孩的头——可是他左手，已沾满了血；左手下的孩子是石头儿，也就是说，石头儿的头壳，不断渗出血来。

　　项氏夫妇不约而同，叫了一声，一起向湛若非扑去！

那边的"秦伯"也看清这边的情形，也叫了一声，"怎会……!"小珠已吓得哭出声来。

这时项笑影夫妇已扑到湛若非身前，湛若非见项笑影来势汹汹，呆了一呆，手中的石头儿便已给项笑影抢夺了过去，湛若非心中有气：你要回你儿子，也不须如此……没料到茹小意流着泪过来，"你……"一掌击在他胸膛上！

湛若非一连向后跌出八九步，心中一阵悲苦，想：我刚替你们歼敌，你们夫妇俩就要联手杀我了……心头气苦，"哇"地吐了一口鲜血，喘着气道："小意，你……你好……"

说到这里，骤然声止。

他这时终于发现了不妙，抱在项笑影手上的孩子，血流披脸，浸得整个头颅都湿透了。

他见此情形，觉得自己掌心有点湿腻，一看之下，竟全染满了血，他心中又震惊，又是迷茫。

李布衣也蹲到项氏夫妇身边，把脉沉眉，半晌没有声音。这时谁都可以看得出来：石头儿被人在脑门上大力震破而死。

——谁忍心对这一个小小年纪的幼儿下手？

湛若非怔怔地看着自己手掌，还未弄清楚是怎么一回事。茹小意哭着，掣出剑来，指着他骂道："你……你好狠的心，对一个小孩子也下得了这样的毒手！"

湛若非心中怔忡，难道真的是自己讨厌师妹和项笑影生下的孩子，而在不知不觉下了重手么？迷糊间又因失血过多；更是恍惚，未及分辩。

茹小意见他不分辩，便是认定他由爱生恨，杀死自己的孩子，一剑便向湛若非心口刺去，要替自己孩子报仇！

　　湛若非见茹小意竟如此不明自己，也不想分说，长叹一声，瞑目情愿死在茹小意剑下。

　　茹小意正要刺下去，忽觉右臂被人扣着，她大怒欲挣，却发现是她丈夫。项笑影悲声问湛若非，"你如果真心对待小意，小意也本念着你的话，你们大可远去他方，我不会来烦你们……可是，你为什么要对一个无辜孩儿下此重手？"

　　茹小意听她丈夫如此说，显然是疑心她，便觉得她丈夫很不了解她，更因死了孩儿，吻着孩子染血的额，放声大哭了起来。茹小意这一哭，湛若非顿然醒了，他并没有杀那孩子，他不能让茹小意恨他一世。

　　"没有，"他抗声道，"我没有杀他。"可是他手上还染着石头儿的血，他竭力回忆刚才的事，分辩道，"小孩向我这边跌来时，已经死了。"

　　茹小意知道她师兄是从来不说谎的。一个真正有傲骨的人是不会撒谎的，她师兄更是傲到入骨的一个人。她忽然想起一事，霍然转向，用一双俏丽但带敌意的眼瞪住"秦伯"，一字一句地问："秦伯，你究竟是谁？"

　　"秦伯"这老家人是三年前才入项府的，项笑影见他老迈忠诚，便收留了他，到无法忍受项府助纣为虐出走之际，一路上，"秦伯"表现耿耿忠心，但他从未表现过是会家子，而今天，他一出手间，以"大力鹰爪功"格毙了"瘟鼠"秦七！而两个小孩子，正是从他那处往湛若非这儿跌扑过来的。

　　"秦伯"老泪纵横，看来也因石头儿的死，而十分伤心。项笑影这时也想到"秦伯"不但会武功，而且到最后才出手格毙秦七，并不曾出手解自己生死之关，也不禁动疑，霍然问："你是

'大力鹰爪'秦江海的什么人？"

"大力鹰爪"秦江海即是随义军"太平王"李胡子一百二十九名悍将之一，但给剿匪都御史项忠斩杀于竹山。本来该地荒山相连，农民多自数代起即在山中屯垦，并未参与抗暴，但项忠好大喜功，为了突出他殊异奇功，便下令作斩草除根的大屠杀，屠九十余万人，其中有九成以上是无辜受害音。李胡子家族同胞，惨遭非刑，自不外话，枉死者妇女幼儿，尸首填满山谷，未死前还遭连匪徒也不如的残暴凌辱，项忠为表纪他的盖世功德，故令人自歌颂他，替他立碑赞誉，永留后世，世人则称它为"坠泪碑"。

"大力鹰爪"秦江海亦在役中战死，李胡子一家也惨遭杀戮。由于这"秦伯"使的正是"大力鹰爪手"的不传之秘，项笑影故有此问。

"秦伯"悲笑道："是，是！我就是'鹰击长空'秦泰！……我潜入项家，为的便是'报仇雪恨'这四个字！我一家人，全都教项忠那老匹夫杀光了，我装成奴仆，目的是要把项家的子孙，一个个杀精光！可是……"他十指箕张。脸肌抽搐，白须风扬，似十分痛苦。

这"秦伯"便是昔年李胡子部将秦江海之弟"鹰击长空"秦泰，这几年来，为了报仇雪恨，他也被折磨得不成人形。项笑影白了脸，说不出话来，自知父亲项忠的所作所为，实在太过残忍无理，致惹后患。茹小意挺剑悲声道："你要报仇，杀了我们便是，向一个无辜小童下手，算什么英雄好汉？……"拔剑便要杀过去。

秦泰的身子抖动着，连骨节也格格作响，道："可是我没有——"湛若非愤而挥剑骂道："还说没有！杀了小孩还往我身上推，心肠忒是歹毒！"他想起差点儿就让茹小意恨他一世，故对秦泰更是切齿愤恨起来，就要杀上前去！

忽听一声沉喝："住手。"

湛若非转首过去，见说话的人是那江湖相士李布衣。湛若非知此人对自己有恩，不敢顶撞，项笑影夫妇大是怀疑，见先前这相命的以一根竹杖与萧铁唐交手，及时倒毙健马，拦截黄九退路，知道这人武功深不可测。但一直没有全力出手，心中不禁起疑，只听李布衣道："请诸位停手，那可怜的孩子不是秦泰杀的。"

茹小意悲声道："不是他杀的，难道是你杀的不成？"她原来也不致如此不讲理，只是丧子之痛，令她大悖常情。

李布衣摇首叹道："他的确是当年的'鹰击长空'秦泰，但他并没有对你的孩子下手，因为……"说着他目光平和地望向秦泰。

秦泰的身子起了一阵抖，一直向茹小意抱着的小石头尸身走去，茹小意见他满脸悲泪，绝非伪作，也不敢贸然出手。秦泰看着小石头清俊可爱但被血染了的脸庞，用手拈去在他额上的一绺发道："……我来项府，为的是杀项家子孙，教项忠知绝后丧亲之痛。但我入项府后，少爷……一直待我很好，少夫人也……待我好，你们跟老爷……那老贼项忠，不是一丘之貉，所以……不知怎的，我也下不了手……唉。因此，你们寅夜逃离项将军府，我也自愿随行！希望尽一己之力，来保护……少爷夫人……小石头跟我很……好……我视他如同己出，又……又怎能下得了手呢……"说到这里，他悲从中来，泣不成声，"啪"地反手掴了自己一巴掌，边说边骂道："秦泰，你太不像话了，想项忠害得你家破人亡，无辜枉死，你哭什么哭……那是仇人之子呀……"
但见半片脸颊被自己打得肿起一块，还是忍不住眼泪，一望着石
头儿的尸身，眼泪就簌簌落下来。

茹小意厉声道："那究竟是谁杀吾儿？"

众人都愕住。不是湛若非，又不是秦泰，那还有谁？只听李
布衣缓缓地道："都是我的疏忽。"

湛若非、项笑影、茹小意、秦泰，甚至连冯京、马凉，都大
为震惊：若真是这江湖相士下的手，这人武功出神入化，自己等
联手也未必是其所敌。

只听李布衣沉声呼道："萧铁唐，你站出来吧。"

众人更加惊愕。李布衣道："我一入这庙，瞧这庙的环境情
势，一场搏战，是绝对免不了的，但诸位气色带杀，却非短夭之
相，定能逢凶化吉，我也不心忧，但这孩子……额头凹陷，虽眉
目俊美，但逆眉露目，印堂带赤，脸部更呈灰、黑之色，恐难幸
免，故我一直不出手，全力守在孩子身边，因为今晚真正度奇险
巨难的是这孩子，不是你们……但是，"李布衣叹了一声又道，
"……可惜，造化弄人，生死有命，人算不如天算，看出来了又
怎样，还是避不了这一场灾害。"结果李布衣直至战斗终了之际，
知不能让黄九放虎归山，通风报信，所以长身一拦，掠出庙门，
就在此时，石头儿就遇了害。

冯京却不服气，站出来大声说："看相的，别人家要这个无
辜小孩的命做什么？"

李布衣缓缓道："因为他知道今晚定不能得逞，便图趁乱
溜走。"

马凉更是不懂了，"喂，看命的，这溜走跟小孩又有什么关

系？那些恶人都死光死绝了，还有什么得逼开溜的？"

李布衣道："恶人永远不会死光死绝的，正如好人也不会消失一样。"他冷冷地又再喊了一声，"萧铁唐，你别装蒜了，你杀石头儿，就是觑准湛公子和项氏夫妇的关系，以及秦泰伯伯的深藏不露，想让他们几人，互相残杀，你好下手，或者遁走。"

李布衣如此说着，此刻风呼呼地吹着，吹得地上只剩下一点点的火种，映得人人脸上青黄青绿，众人望去，只见那萧铁唐死的样子甚为可怖，流出来的血也变成赭色，还有乌蜡在上面黏着，明明死去已久，怎么李布衣还叫他别装蒜？人人心里倒都有些发毛。

李布衣见众人望向那地上仍执着"蜡烛"的死尸，便说："这人不是萧铁唐。"

项、茹、湛、冯、马、秦更为错愕。李布衣缓缓地道："这只是个替死鬼，他只是'九命猫'唐骨，他赶过来，是奉命要与'两鼠'履行原先安排好了的计划，把秦江海的弟弟、项忠的儿媳，全都解决掉……可是，临到出手，真正的萧铁唐却不敢出来，而双鼠一猫，已然动手，以为他们的检校到最后关头一定会出手，所以……他们便枉死在这儿了。"

众人只看见那唐骨死状可怖，双目突睁，血布满身，小女孩小珠吓得哀叫一声，缩向湛若非怀里。李布衣疾喝道："站住！你再走一步，我就杀无赦！"

小珠哭道："那人明明死了，你还说没有……"李布衣冷笑一声，冯京觉得这相命的危言耸听，便说："难道你见过真正的萧铁唐？"

李布衣道："萧铁唐没有死。唐骨连挨三下重击，才算死了，不愧为'九命猫'，但毕竟他真的有九条性命？诸位要不信，从他进来开始，所射发的'蜡烛''蜡泪''飞蝗石''铁蒺藜''铜钱'，无一不是以暗器为武器，而且，暗器上都刻有'唐'字，明明是唐门的人……"说着他就在地上捡起一块"飞蝗石"，映着微火一照，果然上面刻有一小小的"唐"字，"……他就是报效内厂的唐门子弟唐骨。"

众人倒舒一口凉气，李布衣说："萧铁唐不单未死，他还在这里。"众人这时想起黄九、秦七一进来时有恃无恐的样子，这唐骨临死时大叫"萧铁唐"的名字，黄九则绝望而逃，以及秦七扑向两个小孩，倒不是为了要杀伤幼童，而是……众人的目光，不禁全向那小女孩小珠处投来。

小珠没有惊，也没有慌，她只是反问了一句，"内厂检校萧铁唐，会是我这样一个小女孩么？"

李布衣微笑道："你问得好，只要你不出手，我们无法证明你是萧铁唐，就不能对一个'天真可爱'的小女孩下辣手；可惜——"李布衣摇首叹道，"可惜你今天遇到的是一个相士，所以无论怎样，还是逃不了。"

李布衣顿了顿，再说："一个人想的是什么，做的是什么，或想的是一回事做的又是一回事，年龄多大，在面貌上能装作，但却瞒不过自己的手掌心……你手心的天纹、地纹、人纹、玉柱纹等，都会一一透露出来。"

小珠慢慢握紧了拳头，眼睛愈眯愈狭，成了一条横线，她慢慢地道："你说对了。"她叹了一口气又道，"我瞒不过你。"

项笑影、湛若非、茹小意、秦泰一阵震动，恨不得蹿过去将之手刃于剑下。李布衣摇手道："诸位恕我直言：若她真是萧铁唐，诸位出手，徒增此人逃脱的机会而已。"

项笑影等一听，知道李布衣已把这件事情揽下，不知怎的，对这人都有莫大的信心，故此谁都没有异动。只见"小珠"的脸肌，慢慢地放松了，便愈是放松，皱纹就愈是多了起来，声音也从小女孩子的稚嫩渐渐变得粗嘎，"我本来是和一猫二鼠，在这里截杀项、茹、湛、秦四个叛乱……我先化装成孤苦女孩，诱湛若非收容，伺机从中探测秦泰冒充老家人跟在项笑影身边，是否跟李胡子之后失踪案有关……"

说到这里，"小珠"的声音已是变得完全粗糙的男子声音，脸容也有一种奇特的变异……

"……可惜，我没想到，秦泰冒充奴仆，潜入项府，为的只是报仇……而真正的李胡子之后，竟是名动江湖的神相李布衣……"说到这里，众人都失声"啊"了出来，项忠率大军戮杀李胡子人马时，李胡子七个儿子中，确有一人侥幸逃出，原来就是眼前这相士！

萧铁唐叹了一声，"上头虽命令斩草除根，追查李胡子之后为第一要务，事成重赏……但我若得悉李布衣就是李胡子后嫡，吃熊心豹子胆，我也没这份能耐去挑。"他苦笑一下又道，"……可是原先约好秦七黄九唐骨，他们已动上了手，我又不便出面阻止，……而你始终不出庙内，显然已知敌人潜在其中，我……只好杀掉那孩子，制造混乱，让人对秦泰及湛若非生疑，我才好趁你稍不注意时逃去……"

李布衣徐徐地道："都是我不好，没救了那孩子。但你错了，你若不杀石头儿，或许还有放你逃生的机会。妄杀无辜，天理难容。"

萧铁唐惨笑一下，道："我知道。今日落在你手上，我也无话可说。不过是生是死，我没有必要听人教训。我已做了一辈子的恶，没道理在生死关头来听你说几句话，就悔改知错的。"说着，他眼睛闪动着一种狡猾怪异的光芒，"但我在未死前，还想试一试。"

李布衣淡淡地道："好。"李布衣说这个"好"字的时候，神态是尊重的、庄严的。一个人无论如何作恶多端，为挣扎求生的最后一搏，至少是值得重视的。

李布衣说了这个"好"字之后，整个气氛，就像一面绷紧的鼓面，又像里面的空气胀密得连外面的风一点也透不进来。

萧铁唐忽然"胖"了，他整个人，如吸尽了整个庙里的空气一般，鼓胀了起来，然后，他徐徐地张开了口，往那火焰吹了一口气。

"呼"的一声，那火堆霎时间如同被浇了一桶油，炽亮了起来，火焰冲天，蓝绿不定，火势斜起，卷向李布衣。

项笑影等惊得愣住了，这种武功，他们别说见也没见过，就连听也没听说过。

李布衣连眨眼也没有眨，衣袂也没有动，静静地站着，火势到了他身前三尺，立即如遇无形冰壁，火焰立即低暗了下去，半分都进不去。

萧铁唐脸色变了。

他立即瘦了下去，一下子如同老了六十年。

他开始"瘦"的时候，火焰立刻都不见了，只剩下一堆残薪余烬。而他瘦得像个八九年啃树皮过活的老头儿，却张嘴又"吹"出了一口气。

取暖

只听噼里啪啦，庙里所有的事物，如烛台、神座、帐幔、蒲团，甚至蛛网、尘埃，全都如被疾风飞卷，撞向李布衣。

项笑影、秦泰、茹小意、湛若非的武功，也非同小可，但一遇这股邪风，别说招架，连站立睁目，也是极困难的事，至于冯京、马凉，早给疾风卷跌出院子里去了。

李布衣睁目，喝了一声，"咄！"手中一扬，两片玦子掠出，如两道急鸢般在风势中穿插几下，那股劲风竟给切割成十数小股，登时失去劲力，一时间所有在风中卷送的物体，都落回地上去。

再看回萧铁唐，他脸色惨白，不住大声地喘着气。

李布衣道："你气功很好。"

萧铁唐哈哈大笑，笑了一阵，停了一下，又笑，湛若非、茹小意见他如此张狂，便要出手，李布衣扬手拦着，只见萧铁唐笑过三遍之后，忽亮出一柄匕首，"刷"地刺入自己的胸膛，直至没柄，只听他说："布衣神相，我做鬼也不会放过你——"声至此而绝。

这时元凶已诛，茹小意搂着石头儿的尸身，痛哭起来。项笑影也摇首伤叹，湛若非呆呆地站着，刚才与茹小意同使本门剑法御敌的事，在他而言，直如一场春梦。李布衣看着他们三人，心里叹息，也不知说什么，抓了旗杆，背了行囊，望望漆黑般的天色，是夜未央。

——这里杀气已净，我也该走了……

却听冯京搔着后脑哗声道："原来是放法术！"马凉没好气地道："是气功，你没听相命的先生说吗？这都不懂！"冯京不甘心驳嘴道："难道那相师扔出的玦子也是气功吗？"马凉便说："那是暗器!"冯京冷笑讽嘲道:"这又奇了?也没听说过暗器破气功的事!"两人叨叨扰扰,骂个未休。李布衣笑笑,便要走出庙去。

项笑影向李布衣揖道:"这次劫难,多谢前辈为我们渡危……"李布衣摇手叹道:"没能救了你们的孩子,我心里很惭愧……我不是什么前辈,只是个看相的。项兄多行善事,日后不忧无嗣。"项笑影点头应:"是。"

李布衣见湛若非犹失魂落魄地瞧着哭泣中的茹小意,知自己纵能化艰渡危,但情字仍是消解不掉的,当下叹了一声,对湛若非低声说了一句,"惜花须检点,爱月不梳头。你若是真爱她,就让人家夫妻幸福。"

湛若非恍恍惚惚中听见,李布衣已持竿走了出去,那秦泰一闪身,老泪簌簌而下,颤声道:"少……少主人,老夫找得少主好苦……"

李布衣点点头拍拍老人家的肩膀,两人走了出去,这时天地间一片漆黑,乌云还是层叠层地翻着,雨仍是没有下,曙色却已快来临了,只有庙里的一堆火,仍是烧着余薪。李布衣和秦泰都同时觉得夜央前的路远深寒。

稿于一九八一年七月。

浩劫中,为安定。

校于一九八七年四月。

七年后,赴台行在即。

取暖

·刀巴记

第壹回

大地震

地震。茹小意正在大魅山等她的丈夫项笑影回来，这时候，地震忽然发生，山摇地动，尘石纷纷击下，天地色变。项笑影是进入青玎谷……

地震。

茹小意正在大魅山等她的丈夫项笑影回来，这时候，地震忽然发生，山摇地动，尘石纷纷击下，天地色变。

项笑影是进入青玎谷看三年一度的黑白道决战，他尤其关心李布衣率"飞鱼塘"高手闯"五遁阵"。李布衣曾在风雪古庙里救了他们夫妇一命，而且格杀了内厂高手萧铁唐。茹小意却不想去，因为李布衣曾目睹她和夫婿项笑影、师哥湛若非之间的恩怨纠缠，她实在不愿再见到李布衣，而且，她也怕因见了李布衣而勾起孩子石头儿之死的伤心事。

她就在大魅山山道旁一座茶居茗茶等候。这几天荒凉的大魅山因观战而聚了不少人，道旁茶居餐肆也多开了几家，几天都高朋满座，挤得连茶叶也泡光了。

此刻人却寥落，因为都到青玎谷的米冢原上观战去了，这些人不远千里而来，为的是先得知黑白二道决战结果，怎会在决战时分不亲临现场坐观虎斗？

这时候，仍留在茶居的，都是大魅山的乡民、猎户，以及茶居的伙计，能开溜的，都溜去青玎谷看决战了。

所以老掌柜一直皱着眉叹气，对一个毛头小伙计在嘀咕那两个偷懒伙计如何不是，该在膝头盖上生个大冻疮，该遭天收了去、地塌了去，来报应他们光拿他的钱不做事的大罪。

不过老掌柜的眼睛可并不老。

茹小意喝茶的神情，秀眉蹙处的清媚、掌背托腮微愁的风姿，她坐在那布满油垢的桌前，却令整个山野都柔和了起来，连野店也高贵了起来，那一种气质，他从未见过。

这一见，真看直了眼。

毛头小伙计也一样看直了眼。一个真正动人的女子，可以雅俗共赏，老少咸宜，在这女人身上来说可应验得很。

老的发现小的在看，敲了一下小的头，"小不个丁的，毛未长齐，瞧个什么瞧！"

小的摸着头皮直呼痛，"你也不是在看！就只有你瞧不准别人瞧！"

老的说："你瞧便瞧，不干活光瞧没饭吃！"

小的忽嘻嘻一笑，掩着一嘴黄牙道："没饭吃也罢，要是有这样标致的老婆，今晚死了也罢。"

老的吹胡子道："你异想天开！她，可以做你老妈——"

小的反驳道："她？嘿、嘿，大不了我几个端午节，做你媳妇还差不多，可惜你又没有儿子……"

老的摸摸胡子，忽然对过去自己讨不到老婆的凄然全成了兴致勃勃的希冀，"要是娶到她做老婆……小没毛的，你说，她干吗来这里呀？"

小的不假思索便道："当然是来看打架的啰！"远处有一只老狗哀哀地对天空吠。

老的又在小的瘌痢头上敲了一记，"要是来看决斗的，那儿的架已在打了，她干吗不去？"

小的忽发奇想，道："一定是她丈夫去打，她不敢看，便在这里等了。"

老的哦了一声，眼睛发着亮。

小的想了一想，怪笑怪笑地说："我知道你在想什么。"

老的真的在太虚冥想，渐露得色，一听小的如此说，忙正色道："想什么？灶口旁蚂蟥排得一行行，还不动手，小孩子胡猜什么!"

小的充出一副大人拍肩膊认熟络的巴结阴笑的样子,说:"我说区老爹……你是不是在想,要是这位大妞的男人一个不幸,在打斗里死翘翘了,你就可以……"

老的忙敲小的头,"胡说,胡说。"

小的缩头笑道:"不说,不说。"

他们说话的声音很小,偶然一两句无关重要的才大声说,只有接二连三的怪笑,特别刺耳。

就在这时,茹小意极为明亮、有神的眼睛,抬起来向茶居里的一老一少,扫了一扫。

茹小意这一下抬眸横波,可以说是明媚至极,但她明丽的眼睛,仿佛冷电一样,使幽阴的茶居亮了一亮,一老一少齐齐震了一震。

小的吃惊地道:"她听到了,她听到了……"

老的还陶醉在那一下眼神里,"哇,美死我了。"

他拍拍额角呻吟地道:"活到这么老大,总算见着了。"

小的眨眨眼睛问:"见着了什么?"

老的望着灶炉里的旺火和溅喷白烟的茶壶,喃喃地道:"神明保佑,保佑她老公回不来,给我区祥壮讨回个好老婆……"

他这样念念有词,忽见水壶溅出大量沸水,沸水溅在热灶上,发出吱吱的白烟,而灶里的火忽然像笑裂起来一般地聒噪起来,接着,灶砖裂开,火势大盛,火舌抖动,几块燃着的柴薪掉了出来。

老掌柜恍错间,还以为灶神许了他的咒愿,真个显灵了。

当他耳际听到小伙计恐惧的呼叫声时,才省悟到可能是地震，这时候，棚顶已裂开，柱子松摇，灶口爆裂，沸水迸喷了出来。

他凄厉地嘶叫起来。

后院豢养的鸡，飞鸣着，侧篱饲养的猪，尖鸣着，火势蔓延，热壶尖嘶，夹杂着犬只痛楚的哀鸣，一刹那间，平地崩裂，万木倒断，电闪雷轰，出没飞逝，断木飞沙，起落飞舞，地震已经开始。

茹小意是练过武功的女子，老掌柜和小伙计所说的并不大声，但她都听在耳里。

她暗地里咬着牙齿，要是他们再说过分下去，她就要去掌他们的嘴巴。

可是在心底里，又有一份隐隐的喜悦，因为那一老一少不管说什么，都是因为自己美，才致动了心，茹小意不是不知道自己美丽动人，只是她年纪不比当年日子正当少女，她已是做了七年母亲的妇人了，可是，在这野店里，两个俗世的男子看了，一样禁不住喜欢自己，就像当年她未嫁项笑影前，那些追求仰慕的王孙公子、世家子弟、江湖浪子、侠客名士一模一样。

她这样想着的时候，不觉流露了一丝笑意，可是她的外表仍是像一块明亮晶丽的冰，尽管内心有情，外表仍凛然不可侵。

然而这时，地面突然剧烈地震动起来。

桌面上盛满筷子的瓷筒，噗地碎裂了。

茹小意一惊，意识到地震的时候，一时间，不知该做些什么好。

然后她看见邻座的地面上，忽然出现了一个大洞，那老猎户和他的兽皮，一齐陷落下去，茹小意想救，已来不及了。

跟着她听到老掌柜和小伙计的呼救声，她立即掠了过去，可是一切都在震动，她身法也极难控制，几乎撞上了土墩。

这时，茶棚轰然倒塌。

茹小意在茶棚坍前刹那，掠出了茶棚，但身上仍给一些木块、石砖击中，她也顾不得痛，反身想救人，但倒塌的茶棚里，已没有了人声。

万木断裂，山石哀鸣，一阵罡风接一阵狂飙，扑打在脸上，脚下所踏，仿佛是一头怒狮的背，茹小意心中生起了极度的惧意：

——笑影还在青玎谷里，这地震仿佛是自那边起的，他现在不知怎么了！

茹小意想挣扎提起轻功赶路，然而飞沙走石，隔断去路，她掠上一个震荡着的山坡，突然间，这山坡像一块驮在野马背上的陀螺，弹动了起来。

茹小意吓得魂飞魄散，想掠下山坡，暮地，地上裂了一个大缝，茹小意及时抓住一棵大树，才没滚落入深洞。

她惊魂稍定，忽觉触手一轻，原来手里抓着的大树，已经缓缓沉入松土里去，她不由发出一声尖叫，拔足要跑，但浮沙下陷，一股大力直把她吸进地心去似的。

茹小意这下可谓生死存亡关头，暮见刚才陷下地去的树，这时成了树根朝天，不知因为地壳层下突变硬地还是什么，嵌在那儿露出一截，不再下陷了，茹小意心念一动，迅速解下腰带，飞投束住树根，使得身体重量有了依据，尽管震荡，但一时不致下沉。

这时，忽听有人在远处喊："小意，你不要怕，我来救你。"这时山嘶木裂，五雷炸轰，泥尘碎片，飞扑茹小意脸上、身上，但这撕心裂肺的喊声，虽然悠远，茹小意却还算清晰地听见。

茹小意在慌惶中乍以为是项笑影在叫她，于是应："我在这里，"觉得虽出尽了力量，只是声音在天崩地裂中依然微弱，于是再叫，"笑影，我在这里，我在——"

只听那喘息的声音狂喜呼道："师妹，师妹！"茹小意一怔，这才醒觉是湛若非的声音，湛若非怎么会来到这里？恍惚间，一时忘了响应。

湛若非一直在大声叫喊："师妹，师妹。"在山崩地陷林摧石裂里听来尤觉情切，他因听不到茹小意的回答，更急了起来，大声呼叫着，以声音来判断，来势可谓十分之快，只是忽然哎哟了一声，似被什么事物击中，便没有了声息。

茹小意怕湛若非遇险，便叫："师兄，师兄。"却没有回应，叫得七八声，才有一声不知是不是人的呻吟，就算是人的哀吟，也不肯定是不是湛若非发出来的。

这时，风木相搏云雷互震，眼前一切尽如碎镜摇影，不可倚攀，茹小意心中无依，待哭叫一声，"师兄。"忽见一条人影，疾驰而过。

这人的轻功想来极好，只是因为地动山摇，根本无法借力操纵，就像神箭手射出一矢，但目标忽然转移，这一箭再神准也无法中的。这人在这脚底地皮连连晃动之际，仍一纵一伏，把稳身形，疾如电掣地激射而去，其轻功定力，可想而知。

茹小意忽觉手中所执的缎带又松浮了，原来下层地壳又有变动，那树根已完全沉陷，自己也陷在裂开深穴的夹缝，茹小意连忙想跃开，但地裂得更快，她只觉脚下一空，身形疾沉，及时双手抓住地面边缘，百忙中往下一望，只见雷雨交作，石飞沙荡，下面深黑不见底，罡风狂嘶。

茹小意这下可比什么都怕，地面震动，双手也运不上力，无法拔起，愈渐支持不住，随时脱力下坠。

此际，她眼前突如其来地出现了一个人。

那个人在风云色变中，居然还带了个温和的不慌不忙的笑容，背后挽了一张弓。

那人望下来，看样子，并没有救她的意思。

可是当他俯瞰下来，望见茹小意的时候，他的眼神忽然变了。

一个很爱蝴蝶的捕蝶者，忽然看见绝世罕见的彩蝶时，便是这种眼神。

那人比这种眼神还要炽烈，诚意得几乎要每一句话都剖开心膛来说。

可是他没有立刻说话。

他伸出了手，温柔得像采一朵花，怕捏碎了花瓣。

茹小意想抓住他的手。

这时又一阵极大的震动，灰黑固体般的飞雪相撞，炸成雷火，山岳崩颓，如老龙吟啸，四处风云飞散走合，骇目惊神，这一阵大震，使得这人荡成了重重层层，虚虚渺渺，幻影一般，并不真切。

茹小意伸手抓去，抓了个空。

另一只手支持不住，地面像野马腾跃一般，终于一松手，往下坠去。

但她的手腕及时被人一把拿住。

那人救起了她，茹小意觉得那人的笑容好近，笑起来像漾起涟漪的水面，看不清楚。

她呻吟了一声。

那人在她耳边轻柔地道："不要怕，我带你走。"声音轻柔得就像呵护一根彩羽，是要它飞扬而不是想惊走。

然后那人抱着她疾驰。

那人身法极快，一下子，就掠出了好远，茹小意只觉眼旁两边事物飞掠，白蒙一片，人好像在惊涛骇浪的船上一般，耳际尽是呼呼的响。

然而在雷风暴飙中听来，却似有人在呼号，声音异常愤怒，却不知是呼啸着什么。

——大概是厉风吹进了一株老桐发出来的声响吧？怎么又有点像师哥跟人比剑时的清啸？

这样疾驰了一段路，地震稍平，那人突然笑问："还怕不怕?"茹小意因这问话而觉得失去了距离，她感到那人说话的口气迫近她的前额，忙道："放我下来!"

也许是因为她的语气略微躁烈了一点，那人马上停住，放下了她，一双俊美的大眼正在逼切地端详着她。

"怎么了?"

茹小意马上感觉到自己太过锐利了，福衽道："谢过少侠救命之恩。"

那人笑道："我像少侠么?"

茹小意这才发现那人长相虽然十分年轻纯真，但从眼角的皱纹和脸上风霜，可以揣测出来，至少也三十多四十岁了，不觉脸上一热。

但茹小意毕竟是生过孩子的妇人，心里有些腼腆，外表却愈是冷艳，一点也看不出来。

"壮士是……"

那人笑道："这儿还有余震，不如我抱姑娘到舍下再谈？"

茹小意一听，冷冷地道："我没受伤，能走动自如，请教壮士高姓大名，容图日后偕夫君厚报。"

那人一怔，哈哈干笑一声，道："报答？只要你告诉我叫什么名字。"

茹小意道："我夫君姓项，名映。"却不提自己名字。

那人脸色一变，道："是'岷山剑客'项笑影？"

茹小意也吃了一惊。项映是项笑影的本名，除熟友外，江湖上并无人知，她原本也怕项笑影是项忠之后，提起来会招惹宿仇旧敌，不料提出项笑影的本名，那人仍然熟知，但看来此人却无敌意。只听那人又问："那你就是'巴山天女'茹小意了。"

茹小意狐疑地道："阁下是……"她记不起项笑影旧交中有这个人。

那人亮眼笑道："我姓樊，叫樊可怜，"他在狂风怒吼中热切切地说话，"别以为我是可怜人，"他哈哈笑道，"我其实一点也不可怜。"

这时"轰"的一声，罡风疾涌，林木断折，把樊可怜和茹小意都吹倒于地。

第贰回 可怜的樊可怜

樊可怜一摔倒，又爬了起来，烈风直吹得他衣袂像跟胸膛黏成一体。他要过去扶茹小意。他大声说："先到我——"茹小意没有让他扶，在风里也大声道……

　　樊可怜一摔倒，又爬了起来，烈风直吹得他衣袂像跟胸膛黏成一体。

　　他要过去扶茹小意。

　　他大声说："先到我……"

　　茹小意没有让他扶，在风里也大声道："我要回青玎谷，笑影，他，等我……"

　　樊可怜吃力地点了点头，风沙掩没了他的眼神；不远处的土地，断裂开了一条缝。

　　可是，这时的风沙，已是强弩之末。

　　跟着，天穹便像一口发过怒的烘炉，终归黯淡，愤怒平息。

　　只剩下一记又一记间歇性的烈风。

　　樊可怜爬起来，第一句还是关怀地问："你没受伤吧？"

　　茹小意一向都是坚强而坚定的女子，她拍拍尘沙，理理乱发，"我没事。"脸上更有一种坚决的神情。

　　"我要去青玎谷。"

　　"找项兄吗？"樊可怜关心地问，"我送嫂子一程。"

　　"不必了。"

　　茹小意的神态很坚决。

　　樊可怜一双眼睛，忽然不经意起来了，望向断裂处，道："好险。"

　　忽又道："我也想去见见项兄。"

　　茹小意心悬项笑影的安危，便点首道："那好，就一起……"忽见樊可怜身形一沉。

　　原来他正一脚踩进那地上的裂缝里，直坠了下去，樊可怜一脚踩空，另一足却及时发力，一蹬而起，反坠为升，半空跃起。

岂知事有凑巧，山壁上本仍断续有碎石滚下，这时一颗大石凭空而落，刚好向樊可怜迎头击下。

樊可怜清喝一声，双掌平平击出，这大石重逾百斤，如此坠下，更声势惊人，樊可怜这看似无力的两掌，居然能把这巨石平平送出三尺余，跌在地面裂缝之间，砰地碎成七八块，块块都有人形般大。

樊可怜及时双掌击开巨石，但运气奇差，巨石反挫之力令他急遽下沉，这一下疾沉连带巨石反弹余力足有三四百斤，樊可怜就像仓促间负荷三四百斤重担往地面沉坠去！

樊可怜的双脚落地之时，发出了"啪、啪"二声。

只见他膝盖一软，瘫倒于地。

正在这时，一块比人头还大的石块，飞射而至，不幸而刚巧撞在樊可怜的额上。

可怜的樊可怜大叫一声，以手捂额，这时他双腿似已折断，想挣扎却爬不起来，反而因岩块之一击，震得向后一仰，向地面的裂缝跌落。

茹小意本待迎救，但岩片四飞，有几片也差点激射中她。

待她躲开碎石时，樊可怜已滑落深渊之中，茹小意奔近裂缝，往下一望，只见黑糊糊、深沉沉的，什么也望不见，心里忽想起：幸亏自己还问了他的名字。

毕竟自己知道这个救过她而又死去了的人的名字。

她想想还不甘心，要设法下去救这个可怜人，但又知道以个人之力势不可能，而且，她的心都悬在项笑影身上。

项笑影仍在青玎谷。

这地震的中心，似乎就在青玎谷。茹小意把沾着尘埃的乱发甩了甩，甩到最后，她决定要先回青玎谷找项笑影。

——项笑影不知怎么了？

——青玎谷的"五遁阵"闯过了没有？

其实这时候，青玎谷的决战还未有结果。

项笑影还在谷外苦待战果。

苦候的人除了项笑影，还有傅晚飞、张布衣、鄢阿凤、惊梦大师、天激上人、俞振兰、张雪眠等，不过其中以项笑影为最急。

这一阵大地震，震走了不少来看热闹的人，当然也有人被灾遭殃的，项笑影心急的是，他也正在担忧在谷外等候的夫人之安危。

其实就算茹小意不是在此时赶到，他也会暂时放下战果不管，到谷外去找茹小意去的。

可是茹小意就在他心烦意乱的时候出现了。

项笑影见着茹小意，大喜过望，两人相见欢愉，道了关怀，茹小意问："李神相他们闯关情形如何了？"

项笑影素来乐天，又不忍叫茹小意担心，便说："赢定了。"

其实这时候李布衣和何道里正在地震过后做第三度拼斗，快要分出胜败存亡之际。若果没有赖药儿所赠的"过关衣"，只怕就要丧身在何道里的"元磁神刀"之下了。（李布衣闯青玎谷米家原所设下之"五遁阵"的故事，详见《布衣神相》故事之《天威》一文。）

茹小意便拉了拉她丈夫的袖子，"走。"

项笑影一愕道："去哪里？"

茹小意道："刚才有个姓樊的救了我，后来，他自己掉下深渊去了，走，我们去救他去。"

项笑影有点踌躇，"可是，这里，李神相还……"

茹小意道："李神相既已胜定，你还担忧什么，还是救人要紧。"

项笑影一向以来都很听茹小意的话，犹疑了一下，便道："好。"

茹小意领先而行，所掠过的地方，树倒崖崩，荒凉凌乱，一轮暗红色的月牙儿，高悬天边，很是凄落。

茹小意记性奇强，认辨着来时路寻觅了回去，果然看见一处裂土，露出树根，正是她掉落裂洞之所在，原来的野店，早已崩坍，为断木乱石所埋。

茹小意道："快到了。"想依照刚才樊可怜抱自己的路向寻去，但想到樊可怜抱着自己，不觉脸上一热。

项笑影忽止了步，道："唔?"

茹小意有点恍惚，"怎么?"

项笑影道："好像有人叫你。"

茹小意这才听见，悬崖那边，有一个微弱但又焦急，愤懑里带着关怀的声音正在一声声地叫："师妹，师妹。"

茹小意"呀"了一声，意外地道："是师哥?"

项笑影满目不解，"是他吗?"

茹小意肯定地答："是他。"她误会了项笑影问话的意思，使得项笑影以为救茹小意的是湛若非。

茹小意一面循声掠去，一面问："他怎么会在这里?"

她这样的问题，项笑影自然答不出来。

两人奔到山崖旁，只见湛若非坐在崖边突生出来的一株枯树上，拿着一片绸布，正在哀哀唤着，两人见了如此情景，不觉都怔了一怔，互换了一个眼神：因为湛若非的轻功，要攀爬回崖上来，理应不会有什么困难的，那么，他赖在山边枯树上径自哀叫做什么？

只听湛若飞又叫了两声，"师妹。"停了停，声音倒似哭哑了一般，又叫了一声，"师妹。"

茹小意见湛若非如此痴状，不觉飞红了脸，以手环在嘴边叫了一声，"我在这里。"

这一声呼唤，对湛若非而言，简直有"起死回生"似的作用，他是整个人弹了起来，这激动几乎令他又掉下深谷里去。

茹小意失声叫了起来，"小心。"

项笑影也禁不住叫："小心，上来再说。"湛若非见到茹小意的神情，又惊又喜，像有千言万语要说，又莫可言喻。

湛若非攀着岩块，纵跳起伏，很快便上了崖顶。

茹小意怕他又来夹缠，便赶快说："你在崖下做什么？"

湛若非眼睛发出神来，喃喃地道："你没有死，你没有死。"

茹小意一皱眉，心忖：果然又来夹缠不清了，啐道："我几时死了？"

湛若非手里紧紧执着一面粉红色的绸布，道："我看见你的衣服，挂在树枝，以为我来迟了，你已经……"

茹小意这才清楚看见湛若非手里紧执的绸布，心中不由感动起来，知道湛若非因看见她一角衣衫沾在崖沿枯枝上，以为自己已经罹难，所以哀呼不已，她明知这个师兄早在自己未嫁之前已对自己痴迷爱慕，但如今亲眼见他因己之死发凌乱、眼尽红、衣衫不整、割伤无数，一反他平时的斯文潇洒，好洁偶觉，更有感触，只觉得这个师兄对她是死心塌地的好。

项笑影也一早瞥见湛若非手中所执的是爱妻的衣衫，至于这一片衣衫是如何被撕下来，而且捏在湛若非的手里，他是毫不知情的，经过取暖杀人风雪古庙一役后，他也清楚了爱妻与这个书生的关系，项笑影再大方，也难免不有芥蒂，只是他一向都相信茹小意。

如今他看到湛若非那喜极惊极的神色，他的人好，竟也为湛若非对茹小意的深情而感动了起来，一味地道："她没事，她没事，你放心……"

项笑影这么一说，湛若非方才感觉到项笑影的存在，大喜大惊的神情才收敛了一些。

茹小意道："我的衣服怎会在这儿的？"她的肩膊处确是被扯破了一大片，不过是在土地裂缝间撕破的，理应留在那里才是。

湛若非苦笑道："我赶过来的时候，这片衣衫就已经留在枝上了……"

茹小意心想：师兄见这片布绸如此伤心，自然不是说谎了，也许是烈风把裂缝的破布衣送到崖边吧？却害了师兄悲伤成这个样子。

她感激又带歉疚地向湛若非投了一眼，问："我坠入深渊的时候，是不是你在叫我呀？怎么又没看见？"

其实她不该看这一眼的。

这一眼因为歉疚、因为感恩，所以眼色非常柔媚，茹小意自嫁项笑影后，对湛若非一向都是十分端凝自重的。

这一眼使得湛若非心头的爱苗，重新点着了希望之火。

湛若非完全误会了茹小意的眼色。

他心头狂喜，怦怦地跳着，外表反而不表露出来；他多年来期盼师妹深情地看他一眼，现在他盼到了，接过来，隐隐收藏在心底，又痴心妄想能更进一步，那已经得到的，他反而不像在期待时那么不自制，而能像一般男子把得到梦寐以求的东西之时却处之淡然。

他道："我听见你呼救声，便赶了过来，岂知后面给人推了一把，掉下这崖去了。……所幸那时风烈，把我整个人浮了起来，减了下坠之势，我攀住石壁，爬了上来，已听不到你的声音，我一路过去，才看见崖边有你的衣布，以为你也掉下去了……"

项笑影听到此处，才大致了解概况，知道那片布料不是湛若非自他爱妻衣上撕下的，顿时放了心，反思里觉得惭愧而脸上发烧，故问："是谁推了你一把？"

湛若非道："我也不知道是谁。"

茹小意见湛若非傻愣愣的样子，便不相信他似的笑道："我看你是给大风吹下去才是。"

湛若非以前极瘦削，同门师兄弟里以他最瘦，虽然英挺文气，但常遭同门讪笑，"这么瘦，风都吹得起啦。"

茹小意想到此处，便咯咯地笑了起来。

湛若非给她这一笑，也勾起了昔日同门时何等快乐的回忆，见茹小意笑时眼波流转，靥颊生春，比当年师兄妹花园练剑时更添增了一分少妇的风情，心里如痴如醉，也唱吟道："风吹鹅毛飞，鹅毛湛若非。"

茹小意笑着笑着，忽然冷了脸色。

微红的月亮照在她的脸上，有一种秀姣的冷艳，人说冷若冰霜，但茹小意冷时仍艳若桃李。

湛若非爱煞了她这容貌，但也怕煞了她这副模样。

原来湛若非口中所吟的，本来是他们同门师兄妹练剑时取笑湛若非的曲子，大意是讽刺湛若非身子单薄，轻似鹅毛，但这歌词却使茹小意想起了一个人。

一个使她很不快的人。

那是同门里一个后进的师妹，排行十三，叫织姑，脸孔又圆又白，声音沉而有韵，头发既黑也长，两只兔子门牙很让人喜欢。

但是茹小意却很不喜欢她。

茹小意不喜欢她是因为织姑的装作和虚伪，尤其不择手段。

在巴山学艺时，师父是巴山派掌门人糜岁晚，把"巴山剑法"创悟出"敦煌剑法七十三式"而名震天下，但师娘殷爱也创出"天女剑法七十一式"，把飘逸剑法创新成局，"敦煌""天女"二剑法合一，便是"敦煌天女剑"，曾在三年一度金顶黑白道比试时，糜、殷二人双剑联珠，连胜三阵，因而声名大噪，三年后，糜岁晚与殷爱再度夫妇联手，替白道胜个两阵，直至再后三年的比试中，这对巴山双剑客重创于"天欲宫"副宫主哥舒天手下，糜、殷二人才退出江湖，专心培育门人弟子。

茹小意在巴山门下，武功虽不是最高的，但容貌端丽、聪颖过人，而且天生有应付各类事情的能力，才华炫目，又能服众，很得师父、师娘、同门上下的喜爱。

人人都知道茹小意日后必能在江湖上大放异彩，而且也衷心期许她早有造就。

织姑看来也像是期许者之一，可是茹小意知道她并不。

茹小意有段时间扎起了头发，束上了紫色缎带，穿着劲装，在院子练剑，不知惊羡了多少同门，有很多江湖侠少老是借故跟随师长或明是拜晤巴山掌门，其实都是为争睹茹小意的风姿。

织姑见了，口里也跟着别人赞羡，过没几天，她便也劲装打扮，发束红巾，在院里练剑。

由于织姑的样子标致中带有妇人的妖媚，赞美人的口里不必为一句话下了生死契，他们也用同样的赞美来赞美织姑。

不久后，茹小意练枪，人都说茹小意使枪的时候英姿绰约，几天后，织姑也练起枪来，人说她使枪娇羞可人。

茹小意本不在意这些。

可是后来师母殷爱送了她一个胸佩小铃铛，人人都说茹小意的声音就像这玉佩铃铛一般清脆可爱，有一天，织姑就借了去，未几，回来跟她说：玉佩打碎了。

茹小意极珍爱那玉佩，当然哭了起来。

织姑双眼红红的，满是歉意地说："我是无意的。"直似要哭出来，茹小意只好安慰她。

没想到几天后织姑戴了块玉玦，形状跟那玉佩虽略有不同，但茹小意却清楚认出那清脆的铃铛声。

巴山门下武功最高的剑法最好而文才最出众的，应算是湛若非。

湛若非心里只有茹小意。

茹小意对湛若非若即若离，也不能说全未动心过，但却也没有真正动过了心，湛若非那时很瘦，有次在大风里打了个喷嚏，竟借力倒飞上瓦，于是茹小意就取笑他"风吹得起"，湛若非只痴痴地望着她，讪讪地笑。

第二天织姑就作了首"风吹鹅毛轻"给湛若非。

茹小意很不喜欢"风吹鹅毛轻"。

织姑对湛若非百般卖弄风情，可是湛若非不理她。

湛若非眼里只有茹小意。

有段时候，茹小意几乎因为要击溃织姑，而对湛若非特别好，正好，湛若非赴金顶黑白道比剑大会，而就这时候出现了项笑影。

项笑影是师父糜岁晚的上宾。

项笑影虽然胖了一些，但眉目清好，为人和蔼，温文有礼，大家都很喜欢他。

何况项笑影性子十分豁达，不斤斤计较于小事；湛若非却孤芳自赏，常为枯叶落花而生感慨，为一颦一笑而起忧悲。

一件小小的事，譬如风前灭烛，也足令湛若非愁眉深锁，寻章摘句苦参成诗。

跟项笑影在一起，射天上的鸟儿，采地下的花儿，钓水里的鱼儿，海阔天空，好不快乐，烦恼的事，他都会顶着，虽然没有海誓山盟，但比海誓山盟更幸福实在。

茹小意比较喜欢跟项笑影在一起。

织姑也借故接近项笑影，无事献殷勤，无事赠温柔。

茹小意知道织姑的心意。

她要抢赢自己。

茹小意决心不让她赢。

所以茹小意听从师父、师母的意思，嫁给了项笑影。

茹小意把这些事都告诉给项笑影知道，项笑影只笑说她别心眼太窄，误会了人家，茹小意知道他是不会了解的。她也有一件事没告诉他。

那时她心里在想：织姑，你就是要跟我抢，现在我嫁入项家，湛师哥就留给你吧！

没料她嫁后，湛若非也孑然离开师门，只影天涯，浪荡江湖。

第叁回 月下三影

故此，湛若非所吟的曲子，茹小意听来，回忆到织姑的事，令她非常不悦。湛若非却不知道自己哪一句话得罪了她。项笑影笑道……

故此，湛若非所吟的曲子，茹小意听来，回忆到织姑的事，令她非常不悦。

湛若非却不知道自己哪一句话得罪了她。

项笑影笑道："好了，现在小意没事，湛师兄也平安，这可都好了。"

茹小意忽道："不好。"

项笑影道："怎么？"

茹小意道："还有一个救我的人。"

她领项笑影和湛若非回到樊可怜坠跌的缝去，湛若非一看，即道："要是真摔下去，任是谁，也难以活命了。"

茹小意想到自己一条命是那男子救的，樊可怜若不是为了救自己，说不定也不致遇到这样的险难，道："真的一点办法也没有吗？"

项笑影看见爱妻情急，便道："我攀下去看看。"

茹小意道："你发胖了，怎挤得下去呢！"

湛若非看见茹小意流转的眼波尽是对丈夫关怀之色，心忖：也罢，听她的语气，是要我这个局外人下去冒险而已，反正自己生死不足人挂虑，真个生又何欢？死又何哀？便道："我下去看看好了。"又道，"你们总不会在上面丢黄金下来压死我吧。"

茹小意嫁给项笑影的时候，项家是有钱有势的。

茹小意一听，变了脸色，项笑影却以为他开玩笑，也笑道："要丢，怎会丢黄金，丢块石头就足以把你压扁了。"

湛若非本来心中就有刺，此刻好像在伤口上再踩了一脚，悲笑道："对，我怎值你们用丢黄金。"

茹小意知道湛若非的个性气度，忙道："下去是要冒险的，不许说不吉祥的话。"

项笑影也听出湛若非有点当真，便道："刚才是说笑，这山缝一定要有火把和绳索才能下去的。"

湛若非忽然跳了下去。

项笑影和茹小意都给他吓了一跳。

只见湛若非冒出头来，双眼直勾勾地望着茹小意，这神情使人害怕。

然后他道："我去了。"便寻找手脚置放之处，慢慢沉了下去，因裂缝深黑，一下子便隐去不见。

项笑影道："他真的下去了。"

茹小意叹了一口气道："他就是这样的性子。"

两人等了片刻不见下面动静，便叫："下面怎么了？"却不闻回应。

项笑影有些担心："会不会出了事？"

茹小意道："就算他听见也不会响应的。"

项笑影看了看地震过后的山野荒凉冷清，四周裂土断木，月亮暗红，心头有些不大吉祥的阴影，喃喃道："不知李神相他们杀出'五遁阵'没有？"

蓦然之间，觉得刀风破空，脑后而生！

项笑影大喝一声，"小心！"他本可避开，但又怕茹小意不及闪躲，拔剑却已不及，回身一掌拍出！

茹小意这时是低着头，她正在注意地面上的裂缝，心里还是牵挂着湛若非的安危。

就在这时，她瞥见地上飞过一道疾影，她也一掌回拍！

她这一掌拍中来物！

项笑影也一掌劈中!

这疾风是飞刀!

原本飞刀会被震飞,但项氏夫妇双掌分一左一右拍中飞刀,反而变成了双掌夹住飞刀,刀锋侧沿甚为锋利,在项笑影、茹小意掌沿割了一下。

项、茹二人对望一眼,收掌,刀落地,在月光下闪着精芒,刀,是没有淬毒的。

茹小意叱道:"谁?!"

荒原上只闻阴阴一笑。

项笑影抱拳扬声,道:"何方朋友,请现身一晤如何?"

那声音道:"你真的要见?"

项笑影道:"尊驾既要取我夫妇性命,项某怎能不见?"

那人道:"我已经让你看见了。"

月光下,只见一个人,穿着一件灰色麻袍,连头罩住,只露出眼睛里两个较大的孔和鼻子上一个小洞。

项笑影道:"阁下既有胆杀人,为何不敢以真面目示人?"

那人似不受激道:"我已现身,这是我的装束,你要看我面目,自己过来掀开。"

项笑影道:"那请恕在下无礼。"他踏前一步。

茹小意偷偷扯了扯他的衣袖,道:"小心有诈,别去。"

项笑影在茹小意耳畔低声疾道:"无论发生什么事,你都要镇守此处,否则来人真以大石往缝隙推下,湛师兄可难应付。"

茹小意知项笑影心细,还是道:"你也别去。"

那全身只是一袭袍子的人冷笑道:"怎么?项公子不敢来掀咱家的底吗?"

项笑影笑道："我是怕——"

罩袍人道："你既知怕就——"

话未说完，项笑影就疾掠而起！

罩袍人吃了一惊，暴退，长袍因劲风而飘前。

项笑影半空出剑，精光一闪，回刺后身！

这刹那间，一条人影乍闪而过，手捂腋下而退！

项笑影回头看去，只见又一个罩着灰袍的人影，道："来者只是两位。"

只听一人冷冷地道："是三位。"西位又出现了一名罩长袍的人，悠悠行来。

项笑影瞧着这月下三个没头没脑，男女不辨、老少难分的人影，心中不觉有些发毛，所幸自己先发一剑，伤了一人，知道来人武功虽高，行动飘忽，毕竟也只是血肉之躯，而非山魈精灵。

那后来的罩袍人道："项公子不愧为项忠将军之后，看来老实，却并不笨。"

项笑影道："三位跟项某是素识的？"

后来的罩袍人冷笑道："我们认识项公子，项公子又怎会认识我们这些人。"

项笑影道："那么除下面罩又何妨？"

后来的罩袍人道："你应该看清楚，我们没有特别罩住嘴面，这是我们的衣袍，是你自己看不见，便也怨不得。"

茹小意低声道："他们一再要引你过去。"

"奇怪。"项笑影也压低声音道，"他们也可以攻过来的。"

先来的罩袍人道："你们两个支支吾吾也没有用，我们既来了，你就死定了。"

项笑影道:"却不知我们有什么冤仇?"

后来的罩袍人道:"在江湖上,一些人要杀另一些人,不一定要有什么原因的,正如你无缘无故就看一些人不顺眼一样,用不着有什么理由。只是一般人还不至于要动手杀人,但武林中人就不同,他不高兴,便可杀人。"

项笑影苦笑:"这样听来,武林人只怕不能算是人了。"

先来的罩袍人道:"你死了才不是人。"

他说着话,步未踏进,剑已出鞘。

他的剑在月光下发出精芒,划了七八剑。

剑风破空,飞袭项笑影。

项笑影的心中,可以说是十分震怖的。

看这人的剑法,似并非如何熟练,甚至可以说是剑法的门外汉,可是此人内功,确已深沉精厉,剑隔空而划,其锐越空而至!

项笑影大喝一声,"玎玎玎",连出三剑,大翻身,玎玎玎,又出三剑,剑尖撞向剑风,竟有金铁相交之声,项笑影每三剑荡开对方一记剑风。

这人仍不进前,但出剑愈来愈快。

项笑影人胖身轻,剑若游龙,每三剑,破一剑风,潇洒自若,既不逼近,亦不后退。

后来的罩袍人暴喝一声,"好功夫!"抽出软刀,亦不逼近,破空出刀。

项笑影一下子变成背腹受敌,刀剑相袭,但他跃虎腾龙,剑势如虹,前拒剑,后抗刀,仍然不败。

茹小意见此情状,知丈夫一直挨打不还手,始终吃亏,项笑影精于剑法，但内力不如这些神秘人，要隔空以剑风伤人殊为难事，但若贴身相搏，这些人剑法、刀法未必及得上他，反而可能有胜机。

茹小意道："你去杀那使剑的，我缠那拿刀的。"

项笑影一面交手一面疾道："那谁替湛兄护法？"

忽"啸"的一声，一条长蛇也似的影子疾吐而来，茹小意"铮"地拔剑，剑尖一挑，长蛇影子一缩，回到那受伤的罩袍人手里，原来是一条软鞭。

那受伤的罩袍人一鞭不着，又发第二鞭，茹小意剑意飘逸，招招要削长鞭，那人将鞭势舒卷，起跃腾伏，飘忽不定，两人也隔了一段长长的距离斗了起来。

这月下的三条人影，十分诡异，尽管力搏，衣袍揭动，但始终没有现出真面目。

项笑影以一敌二，久战之下，苦无还手之机，便落了下风。

那后来的长袍人忽叱了一声，"上！"

先来的罩袍人飞鸟一般掠至，剑劈项笑影，项笑影以"岷山剑法"三剑连击，那人剑法变化不大，全凭内力，反而落了下风。

后来的长袍人却不助阵，丢下了刀，拿起一块大石，往地面裂缝就砸下去。

项笑影情急，本有机会击伤先来拿剑的敌人，却再也顾不得，一路翻滚，一剑刺向拿石块的长袍人。

这长袍人及时跃起，越过裂缝，躲过一剑，这一跃是举着大石而起的，可见内力与轻功都何等精湛。

项笑影喝道："好！"背后疾风追至，他只来得及闪了闪，已着了一剑。

但他剑尖回削，也削中那使剑的长袍人一剑。

长袍人仓皇而退，退在一处，一脚扫起一颗大石，往裂缝落去。

项笑影大惊，和身飞前，双手捧住大石。

那后来的长袍人趁此时拔出地上的刀，一刀刺向项笑影背后。

项笑影这时双手捧石，人在半空，根本避无可避。

"玎"的一声，这一刀斫在剑上。

项夫人茹小意及时而至，以剑架住这一刀，可是这一分神之下，另一敌手的一鞭，鞭梢卷得她的头发散披了下来。

这刹那间那长袍剑手的剑已至。

这剑原本是刺向项笑影的，但因茹小意拦在项笑影身前，这一剑半途而止！

茹小意护在丈夫身前，满脸斗志，清丽的神情更是坚决。

三人似乎一呆。

项笑影喘息道："你们是谁？这么好的武艺，却不敢报上名号。"

后来的罩袍人冷冷地道："你激将也没有用，反正我们非杀你不可，也不想让你到地府里告我们一状。"

说完这句话，这人突如其来地大叫了一声。

只见他跟跄后退，脚步蹒跚，这才看见裂缝里亮晃晃地伸出了一截亮物。

剑尖。

第肆回 漫空飞碟

　　然后在裂缝阴影里伸出了一个人头。湛若非的头。茹小意喜叫道："你没有事？"月亮照在湛若非的脸上，神情有很大的改变，他道："下面找不到樊可怜。"

然后在裂缝阴影里伸出了一个人头。

湛若非的头。

茹小意喜叫道："你没有事？"

月亮照在湛若非的脸上，神情有很大的改变，他道："下面找不到樊可怜。"

茹小意道："找不到就算了，人平安就好。"湛若非听了这句话，心头一阵热。

那三个罩袍人，攻击项氏夫妇没有得手，反而一个伤了腋下，一个伤足，而对方增援了一个湛若非。

这时，后来的罩袍人发出一声尖哨。

项笑影低声道："小心。"

湛若非道："怕什么？咱们三个对三个，还会输给他们不成。"

项笑影道："我总觉得他们未曾全力出手。"这几句匆匆的对话里，那三个罩袍人，各已抽出一支竹竿，竿上顶有一只奇异的碟子，用手一拧，碟子急旋，发出尖锐的呼啸，在竹枝上急转。

湛若非奇道："竿上转碟？"这在竹竿梢上转碟可以算作一种民间杂耍，在高手相搏时从来都沾不上边。

项笑影脸有忧色地道："只怕这才是他们的趁手兵器。"

他喃喃自问："那么他们为何不一早亮出来？"

茹小意在旁即道："因为他们不想被我们认出身份。"

项笑影道："难道是熟人？"

茹小意道："至少是他们一亮出独门兵器，江湖中人便可以判断他们是谁。"

湛若非"哦"了一声，"那么看来这几人在武林中也算是有头有面的人了。"

　　他们说这几句话的时候，那三个罩袍人身上手中，多出了七八根竹竿，每根竹竿上顶着一面非瓷非陶的碟子，在激厉地急旋着。

　　茹小意疾道："别让他们布阵成形！"湛若非和项笑影都想提剑杀去，但三个罩袍人已同时发动。

　　他们其中一人竹枝一抖，碟子急旋飞出，旋射项笑影，项笑影身子一侧，及时避过，不料飞碟在半空中抹了一个弯，再飞旋回来，项笑影险被击中。

　　湛若非及时挥剑，荡开飞碟。

　　飞碟受击，居然不落，飞到另一个罩袍人手上的一根空竹枝上，又再度旋转起来。

　　如是，几十只碟子在竹枝上发出尖锐的声响，不时数只同时破空飞出，来回穿梭，一旦给格开，并不掉落，而飞回最近一名罩袍人的空竹枝上，俟待另一次飞击。

　　项笑影心道好险，向湛若非道："全仗你这一剑——"

　　湛若非截断道："你守着裂缝，我欠你情。"

　　项笑影一怔，茹小意叫道："原来你——"她本想笑骂湛若非居然躲在裂缝里不上来，看别人有没有替他护法，后来见项笑影舍身不退，守着裂缝，因而大受感动。但是她的话已无法说下去了。

　　因为三个罩袍人的攻势加强。

　　漫空飞碟。

　　项笑影、湛若非、茹小意挥剑舞个风雨不透，守了一会儿，情知再打下去，只败难胜，都想冲出去与敌人近身搏杀。

　　对方飞碟一旦发动，紧密相连，三人根本腾不出来反攻。

到后来，三道剑光，相互防守，才能击开密集的飞碟。

这时也看清楚了碟身，制造十分奇特，碟沿隐有蓝芒，显然是有淬毒的利刃，不过，飞碟多数向项、湛二人，飞向茹小意的主要是截击她的反攻。

三人振剑力守，都无反攻之能。

湛若非剑法挥洒自如，但以剑道修为，实在茹小意之上，他在裂缝里偷袭对方一剑，因是猝击，所以无意杀死对方，唯知对方武功非同小可，也出了全力要剁下他一足再说，不料对方在剑入肉的刹那翻了开去，只受了轻伤，这份应变的功力，就已臻江湖一流高手之列，他外表一副没有把对方瞧在眼里的样子，心中也是暗自惊震。

而今他眼见自己三人皆入苦守之境，再这样打下去，只怕要全军覆没，他想：自己保护师妹，理所当然，师妹深爱姓项的胖家伙，若他死了，她也伤心，不如自己豁出了这条性命，成全他们两人好了。

他心中虽觉悲愤，但回心一想：刚才项笑影仗剑守护裂缝，也算有义，也就比较气平，一意要仗剑冲出，拼着挨一两只飞碟先伤一敌破阵再说。

就在这时，突然间，乍起了金色的光芒。

金芒不止一片，而是从一片中炸开，炸成七八道，每一片像烟花似的金亮逼人，就似烈阳直射在擦亮的黄金上。

金芒总共七八片，每片炸开八九道，每道厉烈无比。

每一道金芒呼啸着，像曳火的流星尖啸而过，准确无比地各自钉在半空中和竹枝上的飞碟上。

这刹那间，三个罩袍人的碟子全碎。

　　三个罩袍人愣然相顾，虽看不见脸色，但眼色之惊惶都写在对视里。

　　湛若非、茹小意、项笑影也呆住。

　　月亮暗丝。

　　一个穿暗赭色绸袍的人，洒然行了出来。

　　他手里一张弓。

　　金芒莹辉的大弓弩。

　　他背后有一壶箭。

　　箭尾闪闪发光，敢情他的箭是黄金铸成的。

　　这样背着一壶黄金箭，无论走到哪里，都会惹不少麻烦，而且负担奇重，但从这人步伐看来，就像背着一壶鸟羽般轻松。

　　看这样的神情，却更加轻松。

　　茹小意本来早已见过此人，但因那时在惊惶中，只注意到这人不但眼睛是亮亮的，而现在更发现他眉间的英气，逼人而不侵人，而且有一个可爱的笑容。

　　这笑容使他看起来比起他的实际年龄，至少要年轻上十几岁。

　　茹小意欢悦地叫起来，"樊可怜！"

　　湛若非和项笑影却不约而同地叫了一声，"樊大先生！"

　　"樊可怜"就是刚才在大地震里救了茹小意而自己摔下地底裂缝的樊可怜。

　　"樊大先生"就是绿林领袖，也是青玎谷五位监评人之一，在大地震的时候，他逃掉了，所以项笑影认得他。（详情参阅《布衣神相》故事之《天威》）

湛若非这些年来浪迹江湖，虽然没跟樊大先生朝过面，但对武林中两个箭术大师却早有耳闻：一个是"飞鱼塘"的"金弓银箭"沈星南；一个是绿林的"太阳神偷"樊大先生。

这人用金弓金箭，当然不是沈星南；再说，沈星南也没有那么年轻。

樊大先生是绿林首领，名气很大，但毁誉参半。

他们谁也没想到"樊可怜"就是樊大，而樊大先生居然冒地裂之险救了茹小意。

茹小意喜道："你没死呀？"

樊大先生道："裂缝下黑而不深，我掉下去，一会儿又爬上来了，你却不在。"

茹小意道："我去叫人来救你呀。"

樊大先生道："我找你不到，怕你出意外，回头来看看。"

茹小意抿嘴笑道："结果又让你给救了。"

樊大先生笑道："江湖上，谁救了谁，都难以说定的。"

其中一个罩袍人冷冷地道："现在只是多一个人来送死，谁也没救谁。"

樊大先生笑道："你说什么，我没听清楚。"

那罩袍人道："你连自己都救不了。"

樊大先生道："什么？"

罩袍人怒道："你死定了。"

樊大先生用手遮在耳后，凑前问："啥？"

这次是两个罩袍人同时大声说："我说，你死定了！"

樊大先生笑了笑，仍是道："你在说什么？再说一次。"

这回三个罩袍人都知道樊大先生故意捉弄他们，各自尖呼一声，拔刀。

他们腰畔都系有一把弯月形的刀。

看来，这刀才是他们的趁手兵器。

就在这时，金芒又起，一闪而过。

"玎"的一声，"嗖、嗖"两声。

三个罩袍人，都没有再动。

甚至连眼睛也不敢多眨一眨。

在这目不及瞬间，樊大先生已发了三箭。

没有人看得清楚他哪一箭先发、哪一箭后发，只来得及瞥见，后来的罩袍人出手较快，拔刀在手，但金矢射中他的弯刀，刀脱手飞出，长空一闪，不知落到哪里去了。

其余两支箭，一支插入罩袍头上，显然是穿过他的发际，另一支则射中另一罩袍人腰间刀锷上，串连了刀鞘，这变化使得这罩袍人连拔刀的勇气都被射碎了。

樊大先生笑道："别动手，你动手，我就放箭。"

三个罩袍人忽然尖啸，掠起。

樊大先生从容地看着三人拔起，脸带微笑，从容拔箭，搭箭于弓。

这几个动作，做得从容无比，看去悠闲淡定，其实却迅快绝伦。

只是三个罩袍人身子疾沉，跃下裂缝。

这连樊大先生都没有想到。

三个罩袍人落了下去，湛若非大喝一声"休走！"也想跃下追击。

樊大先生道："穷寇莫追，裂缝底有甬道，通那边山谷，追下去危险！"

茹小意也叫道："不要追了。"

湛若非止步，月色下，神情很是潦落。

项笑影向樊大先生一揖，正要说话，樊大先生截道："项大侠你要是看得起，咱们就做个兄弟。"

他这一句话，可以说是十分突兀，使得三人俱有一怔；要知道樊大先生是绿林中人，并非正派，项笑影虽是将军之后，一向行侠江湖的，跟樊大先生无深交，樊大突然提出结义之事，令项笑影也大为愣然。

项笑影怔了一怔，正寻思应对之际，樊大笑道："咱们是江湖人，一是一，二是二，不掉虚文，不装仁义，在下虽慕项兄侠名，但未致有求结交之意，只是尊夫人神容品貌，玉洁冰清，确令在下心仪倾慕，在下求与项兄结义，是想借此在他日江湖风波中，在下得一正当名分，得以保护嫂夫人。"樊大正色道，"你不要怪我直接，我心中却如此想，我对嫂夫人敬之慕之，却全无亵渎之念。"说罢双目发出神光，逼视项笑影。

项笑影心中极爱夫人，自己乃阉党追杀对象，惊弓之鸟，无法保护茹小意，致使她随同浪荡天涯，并且痛失爱儿，心里也痛惜忏疚，听得樊大如此说，知道他也倾慕爱妻，不知怎的，反生了一种相随之情，道："承蒙樊大先生看得起，我——"

樊大诚切地道："别说客气话。项兄侠者胸怀，我素仰仪，如果肯下交结义，就请收我这个弟弟。"说罢一头就拜了下去，吓得项笑影也慌忙下对拜，心中暗喜爱妻得如此高手相护，可以不虞险难。

茹小意没有想到樊大先生如此坦荡，直接道明对自己倾慕，饶是她大方，也不禁飞红了脸；樊大与项笑影对拜了之后，扶起项笑影，又向茹小意一头拜下，叫道："嫂子，请受我三拜。"

茹小意慌得不知如何应付，裙裾摆动，仍是受了他三拜，只笑着道："我可没有回礼。"

樊大亮着眼站得英挺道："嫂子是长辈，不必施礼。"回身一步就走到湛若非身前。

湛若非见樊大先生与项笑影结义，并大胆吐露对茹小意倾慕之情，自形猥亵，又妒又恨，心中十分难受，正要悄然退去，没想到樊大先生又找上了自己。

樊大先生道："湛兄。"

湛若非道："我为人孤僻，不喜与人称兄道弟。"

樊大先生道："其实真正慕念项夫人的，湛兄比我更深，梦魂牵系，朝思暮想，连我这个局外人都一眼看得出来，项大哥又焉会不知？但以大哥宏伟气量，我等亦不须隐瞒，我们三人既同所恋，唯盼大哥与嫂子相爱白头，不是件更能了心头相思债的事吗？"

樊大先生又道："如果湛兄不弃，咱们两人，合称'慕嫂失意人'，创'失意帮'，你是帮主，咱是副帮主，联络天下情场失意者，共叙失意事，岂不快哉！"

湛若非听了樊大先生这个匪夷所思的建议，可以说是目瞪口呆，自己心中多年系念的事，居然给一个陌生人率然道破，而且对方神色自若，坦荡非凡。又觉得原本孤独一人，为情所苦，现在忽多个多情失意人，心中却比较舒服了一些。

樊大先生道："怎么？若湛兄嫌我出身不好，我跟绿林道上一刀两断，又如何？"

湛若非也给此人迫出了豪气，大声道："英雄莫问出处，我浪迹江湖，毫无建树，又好得了哪里去！"

樊大先生竖起拇指道："好！好汉只问有情无。"

反首向项笑影道："大哥，我们两个，对你可谓羡极慕极，谨此愿大哥大嫂情长万里，福寿添丁！"

湛若非也想说几句话，但就是心头发苦，说不出来。

项笑影挽住茹小意的手，满脸幸福地笑啐道："也有你这样的弟弟！"

樊大先生笑道："他日小弟在江湖上，可不能再做那乖戾荒诞的事，否则人家会说，有其弟必有其兄，可害苦了哥哥也！"

项笑影也打趣道："那时么，可要家法处理了。"

樊大先生伸了一伸舌头，忽见天空七色烟花，猝然而起，又似龙首掉尾，回迂转回爆射之处，最后凝在半空，成了一朵极亮的金花。

樊大先生正色道："帮里有事，小弟要去一趟。"

说罢拿起三根黛色竹筒，交给项笑影、茹小意和湛若非手上，道："若有任何召唤，燃着一根扔向长空，小弟会尽速赶到。"

项笑影感激盛情，道："做哥哥的不会有事，你放心料理事情去吧。"

樊大先生亮着眼，向茹小意深深一福，道："嫂子，他日见着了，可别与哥哥取笑这个不成才的弟弟。"

然后转向湛若非道："湛兄，莫忘了咱们组'失意帮'联络天下情关闯不过的失意人之大业！"说罢大笑而去。

樊大先生往西北方急掠而去，荒地里犹见他背上的金箭在黑夜里晃亮。

项笑影目送樊大先生，感喟地道："武林里出了他这等人才！"

茹小意娇笑道："你呀，就忘了有个替你招揽豪杰的妻子！"

项笑影道："我还没责打我的夫人招蜂引蝶哩！"

茹小意撒娇捶他，"你敢！"

笑骂时见湛若非痴痴地望着荒山，原来曙色里有三只黄蝶，忽高忽低，在西沉日下逐舞回翔，其中两只黄蝶依傍相随，状甚亲热，另一只却显得落拓孤零，湛若非看得长叹一声。这时刚刚黎明，一切都是将醒未醒，最寒冷荒凉的时分。湛若非没跟项氏夫妇招呼，飘然而去。

第伍回

土豆子

　　项笑影见他伶仃，想追上前，茹小意挽住他衣袖，娇媚地问："你要做什么？"项笑影道："他……他这样子，会气苦的，我去劝他几句。"

项笑影见他伶仃，想追上前，茹小意挽住他衣袖，娇媚地问："你要做什么？"

项笑影道："他……他这样子，会气苦的，我去劝他几句。"

茹小意白了她丈夫一眼，道："你这样去劝他，又如何劝得开，难道你要把我让给他不成？"她怕项笑影把师兄追了回来，又纠缠个不休，心里较为欣赏樊大先生的坦荡激情，对湛若非夹缠不清，心中有些厌弃，但又为他的痴情而感动。

其实一个女子，纵不爱对方，也不会反对对方向她追求，何况茹小意已经是一个少妇了。不过，这样的心情，茹小意自己并没有察觉，她只知道她深爱她的丈夫，从未想过要背弃他。

项笑影听了他妻子的话，驻足不追，只叹道："自古多情空遗恨……"

茹小意笑着用手指一捺他的额顶道："只便宜了你这无情人……"

红色的月亮下，项夫人茹小意看来娇靥微红，媚丽绝伦，虽然在地震时弄污了几处，但在荒地乍见这么一个女子，仿佛除了"红颜"二字，就没有更贴切的形容。少女的娇美是乍嗔乍喜，她都有，只是添增了风情，比起来，像初冒枫枝的蕊芽，何等新绿。但长到了深秋，才知道原来可以变得通身酡红，才是真美。

项笑影忍不住在她额上一吻。

茹小意忙推开他，"看你，乱没正经的……月亮都脸红啦。"

项笑影抬头望月，笑道："月亮本来就是红的。"忽然想起月亮会变色是因为地震之后，因而想起李布衣闯'五遁阵'的安危，便道，"我还是要回青玎谷去……"

"别说了。"茹小意打断他道，"我就知道你无情……"眼波流转，一捺他圆浑浑的脸腮道，"但是呀，总算还讲点义气……"

于是夫妻二人，绕道折返青玎谷。

离"一线天"二十里处，却见一个神情冷峻的少年人、粗手大嘴，手里有一根三棱镜钯，但却有一种坚忍不拔的感觉。

项笑影凑前问："请教小兄弟，青玎谷里的战斗，有什么结果？"

那少年人双眉一沉，随即又挑了起来，给人感觉那一沉像负千斤，而一挑又有万钧之力，他道："你们要找李神相？"

项笑影喜道："你见过他了？"既然有人见过李布衣，那么想必是破了"五遁阵"。

少年人摇首道："他受了伤。"

项笑影的笑容冻结在脸上，茹小意问："小兄弟你是谁？叫什么名字？怎么认识李神相？"

少年人的眼光看向茹小意，脸上忽起了一些极细微的波动，但那只像柳枝拂过水面，涟漪迅即平伏，少年人再也没望茹小意，只是道："我为什么要回答你？你们是什么人？跟李叔叔是敌是友？"

少年人反问了三个问题，项笑影听出少年人跟李布衣有着深厚的关系，想起近日江湖上盛传有一位少年常随李布衣身边，于是问："小兄弟是……傅晚飞傅少侠？"

少年人震疑地道："你……你怎么知道我的名字？"

项笑影笑道："傅少侠跟随李神相，行侠仗义，江湖上已有传闻哩。"

傅晚飞道："那么，这位大侠是——？"

项笑影兴致勃勃地道："我是项笑影，她是我的夫人，如没有李神相出手，我两夫妇就早不在人世了，李神相有没有向你提过我们？"

傅晚飞微笑摇摇头。

项笑影解嘲地道："哎呀，李神相着实救人太多了，要提也轮不到我。"

茹小意却问："傅少侠，李神相伤重否？"

傅晚飞脸色凝重，道："很重。"

项笑影顿时紧张了起来："有没有危险。"

傅晚飞沉声道："现刻还很难说。"

项笑影担忧道："那就是很严重了。"

茹小意道："你能不能带我们去看李神相？"

傅晚飞疑惑地看了看茹小意，再看看项笑影，项笑影忙道："我们真的是李神相的故交，绝无恶意。"

傅晚飞叹了一口气道："好，我姑且信你们一次吧。"转身奔去。

项笑影、茹小意紧蹑傅晚飞疾行，约莫过了十七八里，天色已亮，到了一处书院前，这书院离青玎谷较远，地震时波及渐为轻微，但教四书五经其中一个的老师已被吓晕，给人抬了回去急救，剩下的学生倒没什么损伤，聒噪喧哗，可大大的趁这虚隙，丢掉经文，大吹牛皮一番。

项笑影和茹小意见傅晚飞把他们带来书院，不禁有些错愕，正待要问，傅晚飞道："李叔叔怕仇家来犯，故意躲在此处，反不惹人注目。"

随后傅晚飞带项氏夫妇进入后院，后院原是学生们的居宿之处，此际学生们都到堂前热闹去了，后院静悄悄的并无人影。

傅晚飞道："你们稍候一下，我给你们通报。"项笑影谢过，傅晚飞便推开一扇本来紧掩的门扉，走了进去。

未几，傅晚飞施然行了出来，道："李叔叔请二位入内。"项氏夫妇入室，只见室内非常素雅，燃有熏香，有一干净之卧床，作为寝室。

傅晚飞端壶倒茶，请二人道："沿途跋涉，想必累了，李叔叔请二位用茶。"

项笑影道："李神相伤势如何，我夫妇急于一见。"

傅晚飞道："既然二位心急，用茶后我带二位去。"

项笑影道："怎么？李神相还不是在这里？"

傅晚飞道："是在这里，不过这不是入口处。"

项笑影即起身道："心里悬念李神相伤势，未见之前，焉思茶饭！"

傅晚飞霍然而起，神色端然地道："李叔叔救你们二人，救得好！他刚才也跟我提到，当日出手相救，是他平生最得意的善举之一。我刚才是特意试探你们，如项大侠不急，那就不是项大侠了，而今一试，多有冒犯，请二位恕罪则个。"

项笑影没料到这人小小年纪，试人竟如此不动声色，但随即释然，笑道："这都是为了李神相安全，事关重大，应该如此！却不知小兄弟是否相信在下是……"

傅晚飞决然道："再要不信，就算是以小人之心度君子之腹，贻笑武林了。"

项笑影忙道："少侠言重了。"

傅晚飞站得笔挺地道："两位，请。"

三人走出院子，项氏夫妇只见院子里有一株千年将军柏，一口古井，地下石板砖龟裂多处，青苔满布，除了一些杂草外，并无其他事物，都觉纳闷。

傅晚飞用手一指道："李叔叔就藏身在古井之内。"

项笑影一听，心里头倒是一沉。李布衣要匿藏于枯井里，受伤必重，因恐仇家追杀，才致如此，心里盘算着要替他护法，傅晚飞道："项大侠请下古井。"

项笑影伸首往井里探着，一面叫道："李神相……"

倏地，一只钩子，自井里疾伸，钩向项笑影颈项。

项笑影反应奇快，急往后一缩。

同时间，将军柏上电疾地闪下一人，一掌推向项笑影背部。

项笑影顿时成了背腹受敌，闪得开前面的毒招也躲不掉后面的攻势。

茹小意蓦地发出一声清叱。

她手中剑幻起一道雪白的精虹！

"噗"地剑刺入自树上跃下的人体内。紧接着，她一脚踢出，踢在剑锷上，剑锷一震，将那人弹出丈远，倒撞在树干上，被长剑透心钉死。

这时项笑影也闪开了井里一钩，背部的一掌，早已不存在。

项笑影死里逃生，见茹小意一剑杀了来者，心中大惊，忙喝道："别下杀手……"他是怕因误会而杀了李布衣的朋友。

井里隐伏的人却趁此冲天而出，落在井院，双手提着月银钩，一脸阴鸷之色。

项笑影道："这是怎么回事？"

傅晚飞道："大家住手，是误会……"

茹小意截道："不是误会。"

项笑影急道："不，勿杀人——"

茹小意打断他的话："李神相不在这里，他也不是傅晚飞。"

她冷峻地向少年人问："你究竟是谁？年纪小小，如此深沉。"

少年人神色自若，只淡淡一笑，"美娘儿，你是怎么看出来的？"

茹小意气得脸色微白，道："传闻里，傅晚飞是使刀的，而事实上傅晚飞是'飞鱼塘'沈星南的弟子，决不会使镜钯，李神相也不会，你手上提的武器却是镜钯。"

少年人笑道："凭这个设想就下结论，未免太武断了一些。"

茹小意气起来的时候更是英姿飒飒，"李神相跟你素以兄弟相称，你不该叫他'李叔叔'。"

少年人扬了扬浓眉道："哦？李叔叔是这样的么？"

茹小意道："江湖上人早已传你们已结义。"

少年人道："江湖流言，未必足信。"

茹小意道："所以我一直以为自己多疑，但直至你佯说见李神相后，说他救我们乃平生最得意的事之一，那就大谬不然。"

少年人道："我说错了这一句话？"

茹小意眼眶隐隐有泪，声音转而激动，"因为你不知道，李神相虽救了我们夫妇，但却救不活我们的孩子……以李神相的为人，想必自责于心，又怎会得意扬扬？"

少年人沉思半晌，终于道："所以，你就留心提防了？"

茹小意白了她丈夫一眼，"幸好有提防。"项笑影苦笑一下，却嘉许地看着他的爱妻，向少年人道："你人小鬼大，机诈深沉，叫什么名字？"

第五回

少年人一笑道："土豆子。"

项笑影皱眉道："什么?"

茹小意道："原名叫什么?"

土豆子耸耸肩,"姚到。"

茹小意紧接着问："你跟西厂的人是什么关系?"

土豆子似震了震,眼睛茫然了一下,不过,这只是一下子,土豆子又眯起了眼睛。"你是看树上死人震出来的衣饰得知的吧!"

项笑影闻言这才望去,只见茹小意飞剑钉于树干上的人,下摆衣褶给树根掀开,隐现出西厂番子的服饰,心中对他妻子大感震佩。

茹小意问："我只问你是不是!"她如水的眼神凌厉起来,有一种不怒而威的气态,连胆大妄为的土豆子也不敢逼视,心中却是爱煞。

土豆子笑道："你丈夫是我们要拿的人,你不是,我原想抓了你丈夫,留下你。"

茹小意冷笑道："你对我倒慈悲啊。"

土豆子淡淡一笑道："那也不是。我设计此事,主要倒是为了你。"

茹小意一怔,气得笑起来道："我几时成了主犯?"

土豆子突然抬头。

他抬头的目光厉而狠,而且有一种说不出的淫邪,使他想起当年一个拿着刀趁两条野狗交合时切下去的野汉子之神情,这令茹小意也暗吃了一惊。

"不是押你回京。而是我要你。"土豆子的声音变得又粗又嘎,"我要你。"

茹小意看见他凶狠的表情，不禁退了一步，项笑影上前一步，护着他的妻子，摇头叹道："你这孩子，真要不得……"说到此处，突然脸色大变。

他颤声道："怎么……？"

茹小意也变了脸色，脸色白得像一朵水边的花，刚丽而清，"我们……没有喝茶……"

土豆子盯住茹小意的脸，像一只苍蝇黏住蜜糖不走，"茶里有毒药，熏香里却有迷药。"

他的目光忽而落到茹小意的腰部，再扫到她的胸脯，然后又回到她的脸上，两道眼光就似两把沾了泥泞的刷子，茹小意只觉得给他的眼睛看过，就像给毛虫的液涎粘上一样龌龊，她万万未料到一个看来还是孩子的人竟会变成一只可怖的恶魔。

"你们会失去力量，然后，不能动，没有声音，但却可以知道我在做什么……"他的声音恶毒可怕，"你们当然知道我要做什么。"

项笑影吃力地拔剑，回首向他妻子喝道："快走，我……"忽失去了声音，一跤跌倒。

茹小意急得要俯身扶项笑影，结果也摔了下去，她兀自不死心地道："不会的，刚才……"她想到刚才也嗅了迷香，但一样能杀了偷袭者，但此语说到一半，便没了声音。

土豆子好像看着他所设的陷阱里的猎物，冷峻地道："刚才你们的药力还没有发作，不然，我何必要逗你们说那么多时的无聊话！"

第陆回 书院里的旧事

　　蓦然间，茹小意一扬手，一物激射而出！土豆子以为暗器，急忙一闪，那事物却径自冲天而起，炸出金光，光芒又似长蛇衔尾，回转原处……

蓦然间，茹小意一扬手，一物激射而出！

土豆子以为暗器，急忙一闪，那事物却径自冲天而起，炸出金光，光芒又似长蛇衔尾，回转原处，再次爆起万道金光，光芒聚在一起放射，就像百条金蛇聚化成一道金亮的盘圈巨蟒，半晌方才熄灭。

土豆子脸色变了变，道："绿林金箭令？你哪里得来的？"茹小意想答也不能够。

那使日月钩的番子道："金箭令？岂不是绿林领袖樊大先生的讯号？"

土豆子神色凝重，使钩的番子道："既然是绿林，那好商量，他再大胆也不敢开罪自家的土地山神！"

土豆子截道："樊可怜此人非正非邪，但很有义气，不见得买我们的账！刘公公的威名谁不怕？他的干儿子在成都作威作福，也教他给毁了，还是避一避得好。"

那使钩的番子脸上呈现一片凶狠之色，"呸"了声道："我就不相信姓樊的有三头六臂。"

原来这人在西厂辈分也不低，本来只听命于鲁布衣，对这个鲁布衣的传人土豆子不见得如何服气。

土豆子不理会他，"先把他们弄进房里再说。"这时候有几个学生探头进后院来，一见此情形，都吓得尖叫退回。

使钩的番子露出了凶狠之色，挥钩道："让我先把这些家伙杀光再说！"

土豆子叱道："鲁莽！"又道，"请粘夫子来。"那番子毕竟不敢违抗，飞掠而去，身法迅疾无比。

这时，那些束巾学子结集了较多的人，终于大着胆子探头进来，喁喁细语但此起彼落，声音渐渐高扬："杀了人了！"

"有强盗啊！"

"还有个女的呢！"

"刚才我瞧见……"

"瞧见什么？"

"瞧见有个拿钩子的！"

"我们怎么办？"

"打强盗啊！"

"你去啊！"

"去啊！"

众学生嘴里嚷嚷，但这场面谁也没遇过，都没有人敢挺身出来。

土豆子抱拳扬声道："众位公子。"

众学子给他这一称呼，像个子都长了几寸，参差不齐地应了声，土豆子道："我们是遭人抢劫了，请诸位仗义相助，在下感激不尽。"

学生们都议论纷纷，"啊，果真是打劫。""强盗在哪里？"有些自告奋勇，摆出了儒亦侠者的姿态，问："要我们帮些什么忙？"

土豆子指了指树干上的死人，道："那贼人闹内讧，已经死了，诸位勿要担心。"由于那番子是贴树而殁，背着月门这边，所以学生们都没瞧见，而今土豆子用手指示，有几个胆子较大的学生，走了进来，瞧个实在，一看之下，三魂去了七魄，吓得不是面无人色，就是走避不迭，有个还作起呕来，有的大念南无阿弥陀佛。

"死了人了!"

"真的杀了人!"

"肠子都流出来了呢!"

"血!流了好多血哇!"

学生掩目不敢视者有之,特地显示胆大凑近去一看后白着脸强自镇定者亦有之。

土豆子道:"强盗已经死了,不必怕他!"

听到这句话,学生似乎这才放心了一些。有个胆大的问:"你要我们帮什么忙?"

另一个问:"助人为快乐之本,读圣贤书,为的是兼善天下,有什么事,你尽管说好了。"说完了这句话,这学生都自觉豪情,心想:反正贼人都已经死了,那有什么大不了的事!胆子顿时壮了起来。

土豆子道:"也没什么,我这两位兄姊着了贼人闷香,不能动弹,总不能要他们就此躺着,要偏劳大家把他们送入粘老师房里。"

众学生都道:"这个容易。"

有人问:"尸体怎么办?"

有一个问:"要不要报官?"

土豆子道:"已经遣人报官了,官差一会儿便到,官爷们见诸位公子如此义勇,定必多有嘉奖。"

这语一出,人人都自告奋勇起来,这群莘莘学子,辛勤诵读,所为何事?也不外是富贵升官,大好前程;口里都说:"应该的,应该的。"或曰:"助人为善,我们不求奖赏。"心里却飘飘然,仿佛已行了一大善,世人值得为他这个节义的读书人立碑建坊。

土豆子忙道："是，是，是，万般皆下品，唯有读书高，诸位是未来的圣贤才子，施恩不望报。"

当下有几名学子出来，帮土豆子将项笑影和茹小意抬到另一书房，其中有两名学生看到茹小意翕动唇儿，摇头示意，却说不出话来，都很奇怪。

"怎么她哭了呢？"

"这位姑娘是不是有什么要说？"

茹小意的急切在眼神里像飞鸟返巢表示日暮一般明显，她的惶急更令人哀怜，这几个学生除了知道书中自有黄金屋，也知道书外也有颜如玉的，都动了怜惜之心。

土豆子道："她中了贼人的迷香，一会儿就好。"这些学生们不免有些狐疑。

就在这时，两人急急步入，一个学生惊叫道："就是这个拿钩子的强盗……"众皆大惊，但也看清楚了另一个人，纷纷叫道："老师。"

那走在前面的一个脸色蜡黄头戴儒巾的中年人道："胡说，这位是官差大人，不是强盗。"

这人又扬声道："来来来，我们先把活人抬进房里，其他的人先回书堂去背《孟子》，这儿慢慢清理，官差就要来了。"

于是学生们七手八脚，把项笑影和茹小意抬入房里，再退了出去，只剩下了土豆子、使钩子的番子和粘夫子三人。

房里偏西，比较阴沉，三人又不亮灯，视线更是模糊，外面哄哄传来响亮而无生气的诵书声。

土豆子俯首望了一望，看见茹小意一双决战沙场巾帼扬威的美目，却含了盈眶脆弱如露珠的泪，"哟"地笑道："女英雄也要哭啦？"他也不知道那一群看似呆瓜自告奋勇抬人入屋的学子中，也有人趁便摸了茹小意一把。

他们开始都不防着土豆子，因为土豆子年少，同样土豆子也不提防这群学子，因为这些人看来幼稚。人常常给自己的假象骗倒，尤其是当他以为自己的智慧能力远远超于某些人的时候。

这干饱读经书十年寒窗只为一举成名的学子，有不少人为土豆子一番说词所骗，但也有人并不尽信，不过，他们都明白是非皆因强出头和明哲保身的道理。

他们的老师粘夫子自然也明白纸包不住火难以只手遮天的道理，于是语气带微愤地道："怎么把事情弄得这样糟！这可把我也卷了进去，不好办哩。"

土豆子沉声道："粘夫子，公公安排你在这里，是什么用意来着？总不成你只食君之禄，而不分君之忧吧？"

粘夫子顿时变了脸色，忙不迭地道："这个，这个，姚少侠言重了，缉凶除奸的事，小的自当尽力，不过，这样闹开来，我在这儿的身份，则有些个儿不便……"

土豆子冷哼道："有啥不便？公公令你来这里卧底，为的是看着点这些读书郎，有没有异心，这些读死书的书呆子哪有什么名目！有道是：养兵千日，用在一朝，你要为公公效劳，现在不求功，还唠叨什么！"

粘夫子几乎要哭出来的声音还忙着说："是，是。"

使钩子的番子道："刚才这妇人放出金箭令，只怕会引出樊大先生的'二凤双鹰'来，那就糟了。"

土豆子道："札档头，那就有烦你把庭院那里惹眼的清除掉。"

那姓札的番子哈哈笑道："我说粘夫子，你也该知趣了。"说罢像一阵风似的掠了出去。

那粘夫子额上渗着汗，眼珠骨溜溜地向木榻上茹小意和土豆子身上一转，便道："我……我也去清理庭院。"

土豆子脸不改色地道："清理小小一个院子，还无须动用两个人。"

粘夫子只觉站也不是，走也不是，只敢连声道："是，是。"

土豆子冷冷地道："不过，那干学生还需要你去稳一稳。"

粘夫子顿时如释重负地道："是，是，小的一定能安定人心，姚少侠放心。"

土豆子淡淡一笑道："我又不是长期在此地勘察的，可没啥好担心的。"

粘夫子觉得这少年脾气古怪至极，自己讲的句句话都搭不上劲，只有说："是，是。"

汗往脖子里钻地退了出去。

土豆子看着粘夫子毕恭毕敬地退了出去后，脸上浮现了一种似笑非笑，仿似狠毒又略似怜惜的神色，这神色出现在一个少年的脸上使得他看来像一个历尽沧桑但却不经岁月的小老人。

然后他回身，向着榻上的项笑影和茹小意，浮现了一个诡异的微笑，道："只剩下我们三个人，可谈谈旧事了。"这语言十分奇怪，就像是跟一个暌别多年的老友叙旧一般。

茹小意只觉心头冒起了一阵寒意，可是她并不明白。

她略为挣动，勉力望去，只见项笑影也一脸不解之色。

土豆子嘴角挂了一个冷傲的微笑，脸上的神情却更冷漠，"项公子，你可风流快活！快活了这许多年，你好啊。"

项笑影下颏撱动着，却说不出话。

土豆子冷笑道："你说不出来，我替你说，当年，令尊大人还当权得势的时候，你玩弄的黄花闺女，也不少吧？该记得有个叫添梅的吧？十几年前的一桩风流账，项公子不知还记不记得？"

茹小意耳里听见，脑里轰了一声，但随即省悟，别的人还可存疑，但自己丈夫是一个忠厚老实人，决不会欺瞒自己，知这是土豆子故意离间，竭力转过头去，想做个表情，让项笑影放心，却见项笑影一脸惶恐之色，竟然吃力地颔首，茹小意一时不敢相信自己目中所见的情景。

只听土豆子又道："想不到项公子还记得薄命的添梅，当年她失身于你之后，珠胎暗结，可是知你们项家不会纳她这样一个奴婢女子，产子之后，必留下婴孩而逐之出门，只好暗夜逃脱，结果死在你们项家人的手里，都可谓表面仁义道德，内里恶事做绝了。"

茹小意听了，心里讲一千句，我不相信，我不相信，他骗人，他骗人的……却瞧见了项笑影的神情。

她最了解她丈夫。

她也知道项笑影这神情正表达出心中的恐慌、歉疚、惭愧、惶惑……

她只觉脑里一阵轰烈，像一个个大霹雷炸在脑里，项笑影有没有做过倒反显得不那么重要，但这些年来她一直崇敬的丈夫是不是一个假象，项笑影到底有没有欺瞒她比一切都重要。

她忍不住叫了一声，"你骗人……"才知道声音已恢复了少许。

土豆子冷笑一声道："我有没有骗人，你问你丈夫便可以知道。"

茹小意竭力道："我不相信……"她希望项笑影了解，无论对方说什么，她都不会相信的。

多年来，她面对项笑影的忠恕与厚道，常自惭过于计较得失成败，且对当日与师兄留情更生愧疚。

土豆子忽叱道："添梅是不是有了你孩子，再被你们迫死的？"

只听项笑影吃力地道："你……你是谁……？"

项笑影只是说了短短三个字，茹小意听在耳里，如同心胸里被扎了三刀，一时连发声的力气也消失了，只听土豆子道："你别忘了，我也姓姚。"

项笑影结结巴巴地道："你……是……添梅她……你是……小弟……"土豆子只冷笑一声。项笑影强撑一口气道："小弟……你……还未死你……我很……"

土豆子冷笑道："我如果死了，这就不叫天网恢恢，疏而不漏了。我死不了，你当然伤心。"

这次项笑影用力地摇头，"不……我……"

土豆子没等他说完，忽厉声道："姓项的！你说，你是不是对不起我姊姊？"

项笑影一脸惭色，但肯定地颔首，缓缓地道："我……我是……对不起她……她……死得好惨……"

茹小意尖声道："笑影，你不必为了我被人挟持而任人诬陷……"她因一口气涌上喉头，流利地把话吐了出来，这一来，倒是使土豆子省起，一个箭步，跃到茹小意身前，一连疾点了她几处麻穴软穴道："你倒复元得快！"

书院里的旧事

项笑影叱道："别伤害她——"声音虽已恢复大半，却挣不起身子。

土豆子诡笑道："项夫人，你别自作多情了，项公子承认的事，只因他确实做过这等卑污事，绝不是为你安危才认罪的，你若不信，可以问他！"

只听项笑影涩声道："小弟，我是对不起你姊姊，可是——"

土豆子向茹小意挑起了一只眉毛阴笑道："是不是！他都认了！他对不起的事儿，可不止这一桩呢！可怜你跟他分属夫妻，仍叫他蒙在鼓里。"

项笑影怒道："小弟，你——"

土豆子如风掠起，又闪到项笑影榻前，封了他的哑穴软穴，怪笑道："这一来，你们纵闷香药力消失，也只有任我摆布的份儿了。"

他忽凑过脸去，几乎与项笑影是鼻子贴鼻子地问："你知道我想干什么？"

他道："其实我也不想干什么，只是想把你在我姊姊身上所干过的事，在你夫人身上再干一次而已。"

听完了这句话，茹小意忽然想到死。

在与项笑影浪迹天涯逃避阉党仇家追杀，或在贫寒交迫遭人唾弃逼害，甚至唯一孩子石头儿死的时候，她都没有想到过死。

因为在她孤苦凄凉的时候，她仍有依傍，她境遇虽苦，却并非无依。

只有在这时候，她忽然失去了一切依凭。

一切都是陌生冷漠的，甚至连卧身其上的木榻也一样冷冰无情，满怀敌意。

只是她想立刻死去也很难。

土豆子那一张表情过于老练而年轻的脸孔，已迫近到眼前来。

茹小意心里充满绝望的呼喊，她不知何时这噩梦方才过去。

太阳神箭

噩梦并未过去。土豆子热乎乎的口气，已经贴近在她脸上，她可以感觉到一种困在窄狭喉头里一股燥闷的气，正呼在她脸上。

噩梦并未过去。

土豆子热乎乎的口气，已经贴近在她脸上，她可以感觉到一种困在窄狭喉头里一股燥闷的气，正呼在她脸上。

这感觉比她在小时候不小心摸到一窝粗肥的竹节虫还难受，可是她却不能像小时候缩手哭着退走。

土豆子正牵引着她的手，去触摸比那湿濡滑腻更可怕的事物。

她恨不得就此死去。

她拼尽了一点余力，以皓齿咬住了舌头。

就在这时，院子里传来了一声闷响。

这闷响就像一个人蒙在布袋里，有人在布袋外踢了一记。

这声音依稀可辨，土豆子一听，本来贴近茹小意的身子，立即绷着像一根铁棒，本来是棒子一样的东西，反而软得像蚂蚓。

土豆子身子绷紧，但并不慌张。

立起，走出去，开门，就看到一个景象。

庭院里本有一棵将军柏树。

将军柏树干上，本来钉着一个人。

这人原本是一名番子，他是给茹小意以足踢剑贯胸钉入树干去的。

现在树干上的那名番子仍在。

但是树干上不只一具死尸。

还有另一个死人。

这死人便是那姓札的番子。

这姓札的番子原本是替死去的同伴收尸的，但他现在面对面地跟树干上先他而去的同僚连在一起，心口都被一箭穿过。

箭是金色的。

尽管血仍冒着，姓札的番子兀未死尽，身体的肌肉仍微微搐动着，但那金箭的光芒仍是夜空里的殒星一般灿亮。

这情景是说明了，姓札的番子正要替树干上的死人收尸之际，忽尔一箭射来，穿破树干的另一边，穿过死尸心胸，再射入这番子胸腰，使得树干和两个死人紧紧连在一起。

土豆子知道札姓番子的武功。

他也了解这株将军老柏的韧度。

所以他立时决定了一件事。

他反扑入房里。

房间里有两个人质，随便他抓住任何一个，他都还有活命的机会。

可是他刚刚反掠而出之际，砰砰两声，屋顶碎裂两个大洞，两人已各拦在项笑影和茹小意榻前。

土豆子应变极快。

他飞扑的势子改为上掠，穿破洞而出，跃出屋顶，只是同时间，忽觉左右臂一紧，已被两道铁枷般扣住，两个人一左一右抓住了他。

只听土豆子惊恐地道："你们……"

这时一个人施施然走入房里，头向上微扬，道："这个人，对我义兄、义嫂不敬，让他消失在这世上。"

只听两声清脆的应声，"是。""是。"接下来便是土豆子一阵凄然的惨号，声音愈渐去远，终于杳然。

那后来走进来的人，相貌堂堂，背后金弓金壶金箭，映得脸色发金，更有一种贵气，神情冷峻，但目光温暖。

茹小意从来没有见过一个神情和眼色完全两样的人。

可是她一见到他，她就想哭。

她合起的双眼，长长的睫毛剪出了泪珠，直挂落在她的脸上。

谁看了这泪珠，谁都会生起不忍心的温柔，那樊大先生温和地道："嫂夫人，不要怕，都过去了。"

就在他说着的时候，一阵极快而又轻微的步履声，急促响起。

樊大先生回身，就看见粘夫子汗流浃背地闯了进来。

看他的样子，想必是发现有敌来犯，想赶过来通知土豆子，却没料房里已全换了人。

只听粘夫子张大了口，"你——"

樊大先生一笑道："不就是我。"

粘夫子也是极为机变的人，在阉党手下混久了，自然对见风转舵，走为上着懂得个中三昧，他一扭身，就反奔了出去，去时比来时至少要快上五倍！

樊大先生摇首笑道："可惜。"

他说着摘弓、取箭、搭矢、瞄准、发射，然后道："可惜我对阉党手下，一向都不容情。"

他说完这几句话的时候，粘夫子曾滚地避箭，但箭回转下射，粘夫子再纵身上掠，可是箭首追踪上扬，粘夫子向左闪，箭如蛆附骨，粘夫子往右躲，箭如影随身，粘夫子退到将军柏后遮掩，噗的一声，箭自姓札番子，原先的死去番子身体穿过，再穿树干，然后射入粘夫子身体里，把他也串在树干上。

从今以后，这株将军柏在传言里变成一株杀人树。

项笑影和茹小意虽身子不能动，但眼睛依然可以视物。

他们看到樊大先生的箭法，除了叹为观止，也剀切地清楚了解，以樊大先生这手箭法，纵自己二人联手，也断非其敌。

樊大先生却道："黄前使、孙后使，还不替我义兄、义嫂解穴？"

那两个拦在项笑影和茹小意身前的高手，毕恭毕敬地应了一声，分别替项氏夫妇解穴，两人出手极快，一下子，已认清项氏夫妇被封的穴道并且解除。

一般来说，穴道被封在解除时难免会有痛苦，甚至解除后也会有闷塞的感觉，只是这两人出手解穴，不但全不难过，而且还从解除的穴位中感到一股暖流，十分好受，可见得这两人功力十分深湛。

虽然穴道已解，可是项笑影和茹小意四肢仍然软绵绵的提不起力气。

两人似有点意外。

项笑影道："两位可是绿林豪杰孙、黄二位前辈？"

黄脸汉子道："我是黄弹。"

白脸汉子道："我是孙祖。"

樊大先生微笑道："他们是小弟的前后巡使，我们来迟一步，让大哥大嫂受惊了，罪不可恕。"

项笑影叹道："贤弟快不要那么说，你们已经及时赶到，我夫妇是着了迷香，一时半刻还难以恢复。"

樊大先生道："那么，我们把大哥、大嫂接回舍下再说。"

项笑影竭力偏头，道："小意，小意，你有没有事？"

茹小意静默了半晌，才答："我没有事。"声音却是冰冷的。

项笑影涩声道："小意，我……"

茹小意心忖：我们的事，怎可以当着众人说？何况，你已做下了这等事，瞒了我这些年，还有什么可说的？当下便冷冷地道："待复元再说吧。"

项笑影只有住了声。

樊大先生点了点头，黄弹扶起项笑影，孙祖要去扶茹小意，但又碍于男女之防，有些踌躇，樊大先生道："我跟大哥是金兰兄弟，不必避忌，只好权宜，想来大哥、大嫂不至于见怪吧！"

项氏夫妇当然说不见怪，樊大先生双手轻轻抱着茹小意，他抱得如许之轻，让茹小意感觉直如躺在云端里一般，毫不着力，只听樊大道："走！"

三人或扶或抱着项氏夫妇，施开轻功，飞驰而去。黄弹、孙祖二人左右搀扶项笑影，奔行甚速，但又毫不费力，樊大先生独力抱着茹小意，稍微落在项笑影之后，茹小意心知是樊大先生怕她受震荡，故意减了速度，心里深为感动。

三人疾奔了一阵，旭日渐烈，樊大先生虽不气喘，但身子渐渐也蒸腾出白烟，皮肤上也略为发红，冒出了微粒的汗珠，茹小意贴近樊大怀里，只觉一阵阵男子气息，粗犷得像烈日照耀下的金箭、金弓一般，看去令人一阵目眩。

樊大先生却十分循规蹈矩，眼睛只看着前路，并不向下望，茹小意知道他向下望，自己一定会很难堪的。

但樊大先生双手只轻柔地捧着自己的腰部，一点也不轻狂。这是一个陌生男子在一天内第二次抱着她，她心里很有一种异样的感觉。

奔驰了一段路，路转峻峭，直通山顶，樊大先生怕震动茹小意，又放慢了一些，落后较远，这时四周愈渐荒凉，山头间不时有呼哨之声，有人影移动，但只要前面的黄弹发出异啸，立即不再有任何声响。

黄弹的啸声十分奇特，每次作啸声音都不同，时如鸟鸣，时如龙吟，又似牛喘，亦像马嘶，忽作男音，忽变女声，有时一口气几种声音，他都能运转自如。

樊大先生忙解释道："黄前使是用绿林暗啸联络，山上有人把守，是自己人才不动手。"他是生怕茹小意的疑误，不料茹小意在想着自己丈夫背着她做的事，心头很是不快，觉得自己信了他半辈子，连孩子都赔上了，还依着他，心头很是凄酸，樊大先生跟她说话，她一时无法回答。

樊大先生愈发以为茹小意对自己生疑，便急于解释，"在下所居之所，是绿林凝碧崖总枢要地，比不上武林名门正派，总是要严加防范，行动鬼祟之处，请你要见谅。"

茹小意这才意会到樊大先生以为自己怀疑他的用意，便微微一笑道："樊二哥，你两次救了我，我都不知该怎么谢你呢？这次得以入绿林重地凝碧崖，承蒙二哥的信任，怎会有丝毫疑虑，二哥不要误会。"

樊大见茹小意原本忧悒中略带艳愁的脸，忽有了微微的笑意，更有说不出的娇媚，仿佛这才放下心头大石，舒了一口气道："这就好了……"一个神驰，脚步一跌，几乎落崖，樊大先生在半空中一连两个翻身，飞拔而起，又平平落回地上，双脚屈膝，低马平托住茹小意。

茹小意只觉身子一虚，眼看已坠下崖去，忽又落回崖上，身体一点挫伤也没有，知道是樊大先生拼力护住，也了解樊大先生十分注重自己，才致几乎坠崖，否则以樊大功力，岂有失足的可能？

她正待要谢几句，却见樊大先生因翻身回崖，马步低平及地，双腿托住自己，这姿态使得樊大先生的脸部贴近她的腰身。

这时候，刚来了一阵风。

风拂过茹小意的衣衫，衣袂扬起，也拂及樊大的鼻端，茹小意衣服就像鱼的衣服，在水里活得使人看了也感觉到触手的滑腻，所不同的是，风在此时变成了水，感觉还是相同的感觉。

茹小意的衣衫下还有衣衫，在山影下看不见什么，但衣袂掀扬处，令樊大心里空罝罝的，好像一直裱在卷轴里的一幅画，现在空荡荡的只剩下卷轴没有了画。

然而还有一种比少女还有韵味的风姿，让人在一刹那间清清楚楚地省悟到青实的涩比不上熟果的甜，一个清纯的女子像一粒珍珠，可以让人失去愁伤，得到喜悦，但这样一位妇人却教人像宝石一般捧着，得到了的时候就像在变幻的艳光里融为一体，失去了的时候乒的一声打碎，也要不胜唏嘘。

樊大先生红了脸，茹小意本来正竭力想把双手掩在腰腹间，见他脸红通通的，心倒头像长在胃里头，胃里像灌下了什么甜滋滋的东西，倒不忍明快地做出令樊大尴尬的动作。

樊大愣愣地道："对不起。"

茹小意的手指尖端触及他的衣襟，很希望能借助一些什么来使这个大孩子不要太腼腆，"你无意的。"

樊大嗫嚅道："我……我有意的。"

茹小意倒是给这句话吓了一跳。

樊大红透了脸，结结巴巴地道："我……忍不住要看……"

茹小意这才了解他的意思，知道这绿林豪杰却是情感浪漫的大孩子，微微笑道："我知道，走吧。"

樊大先生如奉玉旨纶音，抱着茹小意疾驰，很快便追上了前面的孙祖、黄弹、项笑影。

五人到了山顶，山顶上有一口大铜钟，巨钟是在一个大广场的前端，场上还有数十支旗杆，上绣着各种不同的帜号，有的绣龙，有的画凤，有的绣棵大树，树上有枝无叶，有的画了株颜色翠艳的罂粟花，更有奇者，绘了只夜壶，总之千奇百怪，各形各色都有。

樊大先生一走了上山，不少人前来恭迎，以手臂交叉为号，恭敬地叫："总舵主。"樊大先生一一点头示意，并招呼大家，又问山上山下这几天可发生了什么事？

"禀总舵主，托您的福，这几天山上山下，都没有发生什么大事，只鸡毛蒜皮几桩小事，都给兄弟们打发掉了。"

樊大先生笑道："很好，很好。"又将项氏夫妇向众人引介道，"这两位是我义兄、义嫂，遭无耻小人暗算，暂不能行动。"

忽听一个女子语音说道："总舵主，不知那两位中的是什么样的迷香？"

茹小意道："我们只闻着香味，不虞有他，始终未曾见过那香。"

樊大先生却扬眉道："林左使，你回来了，那放迷香的家伙呢？"

那女子笑道："已给右使宰了，属下却取了那小王八蛋的解药来。"

说着拿了一只玉蜀黍似的物件，发出一种浓烈的古怪味，仔细看去，那每一粒玉米似的东西竟微微在动，原来是活虫，放到茹小意的鼻端，茹小意强忍厌恶之心，用力吸了口气，登时全身渐复元气，再吸多几下，手脚已能活动。

茹小意这才看见那女子。那女子长得很纤细，瓜子脸，五官纤秀，纤秀到连那么小的一张脸也嫌笔画勾润似略少了些，而她脸蛋儿也在那么伶仃的身子对衬下仍嫌小。她眼是眼，眉是眉，鼻是鼻，眼睛里黑是黑，白是白，分明得就像正邪这两个字，眼眉弯弯勾撇上去，眉毛根根清晰见底，服服帖帖，眉上眉下，都没多长一根毫毛，双眉之间的印堂所在，也是平滑光鉴。鼻子像画家惯常忽略了轻轻一笔，嘴巴只是一点绛红，只在笑起来的时候特别艳媚。

这么清秀的一张脸，这么清秀的五官，加起来的总结居然是艳媚。

可是这么一个清秀的女子，说起话来，粗嘎难听，走动起来，跟市场里卖菜的女人没什么分别，肤色又浊又黄。

那女子见茹小意似是不着意地打量她，笑道："我是林秀凤，是樊大先生的左使，大嫂真美。"尽管她看来稚气未脱，但艳起来更令人犯罪，声音粗浊得更与她全不对称。

她笑着把那玉蜀黍似的东西交给茹小意道："这是专解七门闷香九流迷药的'玄牝獖'，你给大哥闻闻，即可恢复。"

茹小意拍拍她肩膊，觉得她很伶仃，肤色很黄，心中却很感谢："谢谢你，小妹妹。"

这时那孙祖对樊大先生道："总舵主，刚有警报，有两个人，武功很强，似乎想强行抢上山来。"

　　樊大先生眉毛一扬，道："哦?"过去与孙祖及黄弹密议着，似不想骚扰茹小意与丈夫的相见欢。

　　茹小意正想把"玄牝狳"递到项笑影鼻端去，忽然人丛里大喝一声，"吓! 姓项的，还我哥哥命来!"

　　人随声到，一刀向项笑影当头斫下!

第捌回

也不许依恋

项笑影四肢软而无力，真气无法运聚，动弹不得，自然无法躲过这一刀。其他的人似也没想到会有这一刀，来不及救驾。樊大先生又离得太远……

项笑影四肢软而无力，真气无法运聚，动弹不得，自然无法躲过这一刀。

其他的人似也没想到会有这一刀，来不及救驾。

樊大先生又离得太远，有的人纵来得及出手也不敢妄动，因为出刀的人是樊大先生除"二凤双鹰"外最得力的助手之一。

茹小意刚刚恢复，勉强可以走动，但若要与人交手则反应大打折扣，她情急之下，和身覆在项笑影之上，要替他先挨上这一刀再说。

这刹那间，场中如果没有樊大先生，茹小意这一次可以说是死定了。

樊大先生未及回头。

但他已出了手。

他反手撷下一箭，甩手扔出！

这支不用弓不需弩的箭，激射而中刀身，刀飞去，不知处，那人本来持刀的右手，虎口震裂。

那人满腮绺乱髭，左手抓住右掌，呆立当堂。

樊大先生这才回身，怒叱："黄八，你要干什么？"

那叫黄八的大汉脸色灰败地指着项笑影道："我哥哥……听说他和七嫂就死在这厮手上。"

项笑影苦笑道："这位老哥，请问令兄是哪一位？"

那大汉道："他叫黄九。"

他这么一说，项笑影和茹小意顿时都明白了。

黄九、秦七和唐骨，三人合称"二鼠一猫"，原本是检校萧铁唐的得力手下，也是内厂高手，那次他们在风雪古庙暗杀项氏夫妇，结果反而恶贯满盈，项氏夫妇及湛若非因得李布衣之助，锄奸保命，只是这个回忆却勾起了项氏夫妇对石头儿之死的刻骨愁伤。

只听樊大先生叱喝道："你还有面子提你那哥哥！他投靠阉党，残害百姓，项大侠杀他，是为民除害，你还报什么仇！"

黄八给他这一喝，颤了一颤，战战兢兢地道："我……我只不过想……"

林秀凤冷笑道："黄八，你以下犯上，该当何罪！"

黄八噗地跪了下来，颤声道："小的……小的并无意……要……"

林秀凤道："你还说无意，大先生已说过项大侠是他义兄，大先生是我们君师父母，你居然敢弑大先生的结义兄长，你想，这是什么罪？"

黄八砰砰地把头叩得老响，哀求道："大先生，大先生，林左使，林左使，小的实在……实在不敢……只是想……"

林秀凤冷冷地道："求我有啥用？没有大先生点头，谁救得了你？"

黄八几乎吓得趴在地上，向樊大先生不住地叩拜，樊大一挥手，孙祖、黄弹两人分别挟住了黄八，他淡淡地道："如果你杀的是我，要我不追究也不难，但你杀的是我哥哥，我非取你狗命不可。"他这等说法，等于当众表明了项笑影的性命比他更重要，地位也比他更要紧。

项笑影这时早已闻了"玄牝狳"，道："别杀！"他看去茹小意有些异议，便叹息地低声道："小意，就当是为我们死去的孩儿积福吧。"

茹小意眼眶衔泪道："石头儿已经死了，他没有福气……"

项笑影拍拍她肩，安慰道："这孩子早日轮回超生也是好的……"

扬高声音道："我是杀了他哥哥，他既不是阉党中人，就请贤弟给兄弟我一个脸，放了他吧。"

樊大先生道："可是，这家伙胆敢向大哥您挥刀，至少该罚……"

项笑影道："我确是杀了他兄长，他报仇是应该的，不能怪他。"

樊大先生挥了挥手，孙祖和黄弹立即放了黄八，黄八吓得整个人都像脱了力一般，流着眼泪，不知呜咽着些什么。

樊大先生道："都是小弟不好，没有善加约束部众，让兄嫂受惊了。"

项笑影这时已嗅了"玄牝狳"，气力渐已恢复，正待说几句多谢的话，突然一个头目匆匆闯了进来，噗地跪倒向樊大先生禀拜道："山下点子扎手，已闯到半山了！"

樊大眉一扬，瞪了一眼，那头目又慌拜俯首伏地，这一瞪之威，连并非直接触及他目光的项笑影和茹小意，都感觉到如刀风过处的凛然。

樊大问："来者何人？"

那头目道："来的是一老一少，老的擅使鹰爪功，少的似是巴山剑派门人，他们声言要我们放回什么项公子、项夫人的……"

茹小意"呀"的一声，道："是湛师兄和秦伯！"

项笑影这时也自省悟，道："对，一定是湛师兄和秦伯，想必有误会。"

樊大道："是不是我见过的那位湛兄？"

项笑影道："想必是他。"

樊大转首向黄弹、孙祖二人吩咐道："你们下山去恭迎湛师兄二位上山，请他们千万别误会，项氏伉俪是我大哥、大嫂，是上上之宾，欢迎他们一起上山眈桓几天，我会在寨前恭候。"

黄弹和孙祖双臂交叉，领命道："是。"掠起如两头大鹰，在众人头顶逸去。

项笑影不禁赞羡道："好轻功。"

樊大先生道："湛师兄和秦伯上来后，小弟恭迎接待，晚上在敝处薄备水酒，畅叙一番如何？"

项笑影知道黑道上这等人物贵而不傲，何其难得，便道："只是有劳樊大先生了。"

樊大不悦地道："大哥嫌弃小弟了？"

项笑影忙改口道："那就偏劳二弟了。"

樊大先生这才有了笑颜，茹小意道："这一折腾，又是一天了，不知可否在贵处借个地方……"

樊大先生敲额自责道："我只顾与兄嫂叙旧，倒是浑忘了兄嫂疲惫。"他转首嘱咐林秀凤道："阿秀，你带大哥、大嫂到养气轩歇歇，并吩咐下去准备茶水、热水、干净衣服、粉妆等。"

林秀凤奉命，引领项氏夫妇到了"养气轩"，准备停当后，再悄然退了出来，这房间十分漂亮，器具齐全，还附有澡堂，茹小意进了房间后，就不再说话，林秀凤知趣离开。

房间里只剩下茹小意和项笑影，茹小意却背向项笑影，哼着首不经意的歌，在房间里东看看，西望望，手指摸摸一尊象牙塑像，又用手拈拈花瓣，好像很悠闲的样子。

项笑影也想轻松，唱了半阕歌，唱不下去，便问："这首歌怎么唱了吓？"可是茹小意似没听见他的问话。他只好讪讪然地整理了一下衣服，大声地"呀"了一下，道："我领衫划破了！"

可是他的夫人一样不像昔日走过来关心问起，替他补缝破处。

项笑影道："你先洗澡好吧?"

茹小意仍然背过身子，专心得像看得见空气里的微笑一般，在看花蕊旁的叶子，"你先洗。"只说了三个字，好像一个字值千两黄金般陡然止住，连余韵都没有。

项笑影舐舐干唇，道："你累了一天了，你先洗吧。"

茹小意道："我不洗。"这回每一个字更像一记重脚踩死一只蚂蚁。

项笑影这次可憋不住，双手搭在茹小意肩背上，道："小意，我……"

茹小意没有应他，忽然唱起一首歌来，这段情歌是有开始的酝酿才增情浓，现在凭空来这一段，就像前面被结成了冰似的，后面的歌也无情冷冽。

项笑影急道："姚添梅的事，是爹爹许给我的，后来才知道他们嫌她出身贫贱，只要孩子，我想偷偷让她逃走，不料给爹爹晓得了，教人把她拿下，添梅性子烈，一急之下，又不想连累我，就投井死了……"他几乎是哀求的声调说，"我一直都没有告诉你……因为，我不想你知道，而且，那时候，我还没认识你……"

项家的情形，茹小意是略知一二的，项忠若不暴戾横豪，也不致结仇众多，落得满门抄斩的下场。最重要的一句还是："那时候，我还没认识你。"茹小意觉得自己似乎可以原谅他了，也要原谅他了，但却不知道怎么原谅起才不让他感到自己雷大雨小，虎头蛇尾。

项笑影更急了些："我是说真的，见了你之后，我心里再没别个人影。"

茹小意"嗤"地一笑道："你这样说，好像人家倒有了呢。"

项笑影听见茹小意笑，这一笑可谓半壁江山已定，便故意逗她道："可难说呢，人家有个师兄追上山来了。"

茹小意顿足道："你乱说！他上山来，可不是我叫来的！"

项笑影疼惜地用手拧拧她的脸腮，嘻嘻笑道："你倒认真起来了，我是说笑的呢。"

茹小意气嘟嘟地说："你到处留情，当然不当真了，人家可不似你老没正经！"

项笑影笑道："我认识你之后，哪有不正经，是你太当真了。"

茹小意道："我哪有当真？你当我妒忌啦？才不呢！你的陈年孽缘，我才不想知，只怕你无端端给人骂得猪狗满地爬，还害我受人欺呢！"说着眼睛一红，便要哭出来了。

项笑影忙不迭道："别哭，别哭，都是我错，我的不好！"

如此劝慰了好一会儿，茹小意情结才渐渐平复，项笑影见她脸上的一抹泪痕，像一道细长的小川洗去了尘埃，特别玉洁冰清，很是心疼，便道："你先去洗洗身子，你一直都累了。"

茹小意瞅了他一眼，道："是呀，还累人心碎。"这一眼风情无限。

茹小意进了澡室，水已烧温，掺了冷水在木盆里，这时房外似有些声响，她没有留意，卸下了衣服，浸在盆里，热腾腾的烟气冒上来，一切都像场梦一样，生的、死的、熟悉的、陌生的，都一样，最实在的反而是最不实在的烟气，茹小意调皮地想抓它一把，眼光从伸出的手落到晶莹的臂上。

她的手臂因烟气里沾了水珠，每一点每一滴，都映着天窗透进来的微阳炫焕着莹彩，好像一朵花瓣，沾上晨曦的露珠，那么柔和，让人不敢去碰触，因为花瓣和露珠都同等脆弱，她的手臂就有那么的柔，又像一截莲藕，里面有七窍的巧心，是相通的，前臂与后臂又像莲藕的腰束，茹小意的手臂就有那么的修长、莹润和柔。

她看了自己的手臂，忽然想看看自己的身子，于是轻咬着下唇，慢慢从浴盆里站起，前面有一扇屏风，屏风前一面磨镜，镜前挂有自己除下的衣衫，那些衣衫垂挂可怜地曳在地上，可以想象一个美人无力地回眸和招手。镜子的烟雾里，她看到自己匀美而无瑕、丰腴而娇弱的胴体，吸去了镜面所有的光亮。

她看着自己完美的胴体，不禁微微发出了呻吟：这些日子她随着夫婿浪荡天涯，亡命武林，可是这些，并不在她容貌上和躯体上烙印。

如果有，那是在她的唇上吧，如此地紧紧抿着，那是习于长期地与外面世上风霜对抗所形成的，但没有留下疤痕，没有留下皱纹，只有以前浑圆的额角，现在略为宽方。过去的明眸皓齿，现在还是明眸皓齿，只是过去是少女的，现在是少妇的，将来呢？也不许依恋的。

她微笑起来，想起丈夫为什么每次除掉她衣服时，都会急促地喘息起来，她在烟雾的镜里看见自己，忽生起了难为情，用手臂交搁在乳上，这样一放，乳房的弧形更突出，反而生起异样的感觉。

不知道别个女人的身体，是不是也一样？有我那么无瑕吗？

或者比自己更骄人？茹小意忽然觉得很羡慕男人，自从长大之后，她还是有机会看到女人上妆落妆，但绝少再看到过女人的身体。

一个女子要看另一个女子的身体，反而不及一个男人去看一个女子的身体那么名正言顺。

茹小意不知是水汽还是烟气的缘故，有些昏，也有些热，但很陶陶然的好受，又觉得自己今天怎么那样荒唐，想起了诸多无聊的事。

她念及丈夫也疲乏了，正需要这样一个热水澡，于是舀了一缸冷水，加了火炭，穿好了衣服出来，却不见了项笑影。

她以为项笑影出去了，可能是去找樊大先生，可能是去找湛若非，管他去找谁，反正别看他是小胖子，准是精力过剩。

直到等了些时候，项笑影还没有回来，茹小意叫了两声，没有响应，心里纳闷，忽瞥见刚才自己触摸过的花盆，花瓣落了一石阶都是。

茹小意的心如同被撞了一下，人生有时很奇怪，可能看见一街的死人不皱一下眉头，却因为一只手套被弃于地而心神震动。

这时候，一只翠色玲珑的鸟儿，衔着一条蠕动着的虫儿，扑翅飞起。

可是她顶喜欢这只可爱的鸟儿。

所以她的目光跟着鸟儿飞，飞上屋顶，飞上枝头——茹小意却从它掠过一处墙角的干草堆上，看到有什么东西正在蠕动着。

茹小意心念一动，人已掠了出去。

她掠出去才蓦然想起这是樊大先生的山寨，知道这样看似乎不宜。

但她这样想着的时候，已落身在墙角边上。这刹那间，她已肯定墙那边干草堆上，是人，而且不止一个人。

两个人。

她禁不住好奇心张首过去探了探。

第玖回　奸夫淫妇

　　世界上有很多事，都因为一念之间而更改。有人看到雷雨前蚂蚁搬家，不会生起什么感觉，有人会拿片树叶，替蚂蚁造个挡雨的屏障……

世界上有很多事，都因为一念之间而更改。有人看到雷雨前蚂蚁搬家，不会生起什么感觉，有人会拿片树叶，替蚂蚁造个挡雨的屏障，传说的这故事里为蚂蚁造屏障的人因此得到善报，富贵终身。

撇开报应，也有很多事因刹那间的反应而造成不同的变化，这情形正如在茫茫人海里，走先一步，或迟走一步，或者遇见一个人就忘掉还是留下了深刻的印象，往往都会造成一生里意想不到的影响。

茹小意禁不住好奇，探首去看了个究竟。

草堆上有两个人。

两个一丝不挂的人。

茹小意从来没有看过一个不穿寸缕的男人后面，所以干草堆上那像一团肉累的男子背部，令她感到震异的恶心。

然而震诧仍多于恶心。

因为她立时发现，这个赤裸的男人，不是别人，正是她的丈夫。

她丈夫下面有一个女人。

这白得灿目的肉体，在焦灼地迎合，哀怨地呻吟，映着黑的发、红的唇，像一把不同颜色的火，在烧着干草，快要把肉体也烧成灰烬。

更令茹小意震惊的是：这女人是她认识的。

这女人不是谁，正是织姑！

织姑跟茹小意虽同是在巴山剑派门下学艺，但茹小意一点也不喜欢她，因为她知道织姑无时无刻不想取代她，练她所练的剑法，佩戴她所佩戴的饰物，做她喜欢做的神情，甚至，爱她喜欢爱的人！

尽管织姑表面上是跟茹小意如何地亲切要好，茹小意却知道织姑心里恨透了自己！

她曾经把织姑的事，向项笑影倾吐，项笑影从前上巴山来探她的时候，也跟织姑见过面……可是，她从未想到过，甚至做梦也不曾梦见，亲眼目睹也不敢相信，自己的丈夫竟会跟织姑这个样子！

她一怔，心乱得像漩涡里的风帆，忘了见不得人的是对方，全身一缩，缩在冷冷的墙角下，一时之间，她的心怦怦地跳，脑袋像是有人捶击着，后来才分辨出来是心口在疼。

她第一件想到的事，就是屈辱：她丈夫就算是跟任何女人，她都不会这么激动，但怎能跟织姑……！又想到她进去洗澡只不过是短短时间，可是，项笑影竟然……！

这两点，她都只想了一半，想不下去，眼泪便滚滚地荡跌了出来。她恨极挥泪，觉得会有人看见她为他们掉泪更是件屈辱的事。

就在此时，她听到墙后草堆那一阵风暴雨残后的急促的喘息和满足的呻吟。

茹小意站了起来，还没有决定怎么做，就听到了下面惊心动魄的一段对话："嘿，小胖子，你呀，没想到还没给师姐淘虚了身子。"

"我这身子嘛，要虚，也要亏蚀在你这小妖精的身上，那婆娘，木头般硬，怎虚得了我？"

"小胖子，吹牛皮，脸皮吹胀，就是老娘收得住，要大是大，要小是小。"

"你这糖拧似的人儿，可把我给收服了。"

"收服了你又怎样，你还不是在师姊面前驯得小绵羊般的!"

"现在总不好发作呀，她没犯上什么，叫我何从挑剔她来着?"

"你不是找人跟她来一手吗，怎么了?"

"还不是樊大先生插手，把好好的事搞砸了。"

"嘿，哼，我可不能天天睡草堆，躺树林，你可要早想办法，跟我解决师姊!"

"好，我把她杀了就是了。"

"几时?"

"总要等到时机——"

茹小意听到这里，天是黄的，地是红的，世界上一切颠倒变幻，那每一句话比刀轮辗过胸腔还难受，她想亡命溜掉，但不知怎的，反而跳了上前，声音抖得不成一字，"你……你……"

项笑影仍是伏着的，从织姑脸色看来是慌惶的，这刹那间，几件暗器已呼啸攻到。

以茹小意的武功，她不难避过这些暗器，只是织姑在射出暗器的同时，还撒出了一把香粉。

粉雾罩住了茹小意的视线。

何况茹小意又太愤怒。

她只觉左臂一麻，就似给蚁蝗叮了一口。

粉雾中那草堆上两人仓皇而起，她只想揪住项笑影问明白，只是，臂上的麻痹扩大到脖子上来，她向前跨了一步，有半步是浮在半空，倒是似半空有无形的梯子，她一步步往上跨落不下来。

她竭力想清醒，可是更觉昏眩。

就在这时，暗器声又尖锐地响起了。

茹小意只感到这一次她再也躲不了，在这种情形下死去，这一生都只得一个"冤"字了。

这刹那间，她听到一个温暖的声音，"不要怕！"

暗器声骤止。

只听那声音又怒喝道："奸夫淫妇，哪里跑！"

茹小意知道这温暖的声音，便是樊大先生，她想睁开眼睛，可是，连眼皮都麻了，渐渐连麻的感觉也没有，只听到尖呼声与叱咤声，过得一会儿，手臂上湿湿润润的，又恢复了麻痒，她想伸手搔背上的伤口，这一伸手，触到一张湿润的嘴唇。

伤口之所以发麻，当然有毒，而麻痹蔓延得如许之快，当然是剧毒，樊大先生替她用嘴吮伤，这是要冒毒力入体之险的，茹小意因为太过悲愤，也忘了感动。

樊大先生瞥见茹小意醒来，喜形于色，怕茹小意误会，忙退开道："这是'胡二麻子'玄棱毒镖，发作很快，必须要用嘴吮去毒汁，大嫂不要见怪。"

茹小意是武林中人，当然听过"胡二麻子"的毒力，樊大先生这样做，可以说是舍身相救，茹小意见自己衣袖掀开，但衣衫完好，知道樊大确是君子，这又想起自己丈夫，问："他呢……？"这样问的时候，两行泪珠挂落下脸颊来。

樊大先生痴痴地望着她，抑压不住气愤地道："我想不到大哥……他……如此丧心病狂，不敢置信，下手……留了情……他逃了……那淫妇倒没逃掉。"

茹小意不想在外人面前痛哭，道："他……走了……？"

樊大先生道："大嫂放心，我樊可怜一定天涯海角，也要把他追回来！"

茹小意惨然笑道："走了就走了，谁要他回来！"

樊大先生不忍顶撞，只道："是！"

茹小意忽悠悠地问："那个女人呢？"

樊大先生眉一扬，扬声道："押她上来！"

不消片刻孙祖已把织姑押来。她衣衫不整，显然是匆忙披上的，带子没有束好，头发散披，表情轻蔑多于愤恨，但无一丝羞赧之色，"怎样？师姊，你要杀了我是吧？"

孙祖大喝一声："贱妇！""咯"的一声，竟折断了她左手臂骨。

织姑痛得唇都白了，牙齿咬入唇肌，但仍是倔强地道："把我杀了吧！可是，杀了我，仍要不回你丈夫——"

孙祖又想去折她右臂，茹小意却阻止道："我只要问你几句话。"声音镇静得令樊大先生也震讶。

织姑也惊诧茹小意全不似她所想象中的激动，两眼忘了眨瞬，望向茹小意在坚定里更美的脸。

"你是几时搭上他的？"

"是他搭上我的。"织姑故意装得不屑地道，"你虽然跟他江湖流浪，不见得每时每辰都跟他在一起，你一转过背去，他总要偷偷找我好。"

茹小意是冷的沉的，但连织姑都禁不住惊动于她的艳丽，"第一次是在什么时候？"

织姑因为不自然起来，特意把嘴儿一撇，道："你们婚后第三天，他跟你说是去了元州猎鹿，讨个好意思，生个胖宝宝，其实是跟我幽会。"

茹小意想起项笑影确然是在婚后三天出外一日，没想到竟会做出这样的事；从织姑的话里又忆起唯一孩子石头儿之死，心痛如绞，只觉得一生都误了。这时，她脸白如纸，让人感觉到一种意决的清丽。

樊大先生觉得织姑死性不改，激怒茹小意，便道："这等可恶女子，留不得——"

茹小意只觉万念俱灰，挥挥手道："放了吧——"

众人都为之一怔。孙祖不禁脱口问："项夫人，不，茹女侠，这恶妇——"

茹小意淡淡地道："把她杀了么？煮来吃么？这样就可以不伤心，不受骗么？"

说完有些摇摇欲坠，脸白如临溪的水仙魂。樊大先生搀扶道："大嫂，小弟一定把大哥找回来，我——"

茹小意微微笑道："我很倦。"

樊大先生道："湛兄和秦伯都上山来了，秦伯一直都想再跟从大哥大嫂，而湛兄对大嫂似未能忘情，一路跟了来，刚好遇上了秦伯，以为是我们绿林中人掳劫你们上来，所以杀了上来，大嫂要不要见见。"

茹小意了解樊大先生说这么多话的意思。

这些话的用意很简单，只有两个字：开解。

结，是可以用手解的。

再难解的结，只要用心和耐心，总能开解的。

心结呢？

茹小意笑笑，连她自己也不知道自己脸上是不是已经呈现了笑容，"不见了。我想独自一个人，歇歇。"

说罢，她走回房去。这时午阳很静，屋墙下的灰暗的阴影与阳光照耀下的角落被划分得尖锐分明。

阳光与阴影下，茹小意轻盈走过，响起了寂寞而疲乏的微弱回响。

茹小意回到房里，到澡堂去，舀水掩到脸上，感觉一阵清凉的醒，然而醒令她痛心，她又想闭上眼睛。

可是她瞥见了那清亮的镜子，和镜中的自己。

镜里的人像只有一件柔弱的衣，和脆弱的骨架子，其他都是空的，空荡荡的，没有灵魂的，脸上的水渍闪着亮光，反而实在过五官。

镜里的人苦笑。

茹小意也苦笑。

她现在心里还是乱得什么都不能想，心和感觉，仿佛都离得好远，没法会聚在一起。

忽然，她瞥见了镜里反映出屋顶大窗上一双眼睛。

茹小意吓了一跳。

她没有想到这里除了自己，还有另一双眼睛。

这里是澡室。

澡室里有另一双眼睛，这是女子最不喜欢发生的局面之一。

然而它发生了。

茹小意没有尖叫．她只是沉着地问一声："谁?"因为她想到了一个人。

她想到是项笑影。

那人却没有应她。

茹小意立即紧张起来：那人不是她丈夫——她暗自扣住了小剑，再低沉地叱道："下来！"

"砰"的一声，屋顶碎裂。

一人疾掠而入。

茹小意拔剑出剑，剑至半途，寒光照面，蓦见来人剑眉星目，乍然是湛若非，已不及收剑，剑势一偏，"哧"的一声，刺入湛若非肩膊里。

茹小意惊叫道："怎会是你——？"弃剑趋视湛若非的伤势。

不料湛若非却一把抱住茹小意，凑过嘴往茹小意颈部就要亲吻，茹小意大吃一惊，拼命推开他，"你干什么？"

湛若非已吻到茹小意的颈上，又要亲她的脸，茹小意力抗急道："不可以，干什么，你疯了！"

湛若非牛一样地喘息起来，声音一断一续，"我……要……你……"

茹小意慌了起来，这一推用了真力，一肘击中湛若非，湛若非不晓得闪躲，正好被撞在伤口上，痛得手一松，叫了哎哟一声，茹小意觉得自己太用力了，有些不忍，不料湛若非随即又缠扑上来。

这一次，茹小意只见湛若非目中布满青筋，满脸涨得通红，快要涨破似的，衣衫紊乱，全不似平日潇洒温文，不禁一凛，又给搂了个正中。

茹小意叫道："放手——"这次再不客气，想出手把湛若非打倒，可是稍慢了一步，湛若非竟先出手点了她的穴道。

也不知怎的，湛若非出手歪了一些，用力虽巨，但未能完全使茹小意软倒，茹小意用余力而抗，湛若非一直要亲她，都给她避开，兽性一发，用力一扯，扯下了她一片衣衫，露出了雪白的肌肤。

茹小意又羞又急，无法聚力抵抗，叫道："要死了你——！"

湛若非一见茹小意衣衫敞处令人心荡神摇的雪肌香肤，更加发狂，疯了似的向茹小意玉肌吻去，伸手又要撕茹小意其他的衣服。

茹小意对这位师兄一向不存恶感，在未识项笑影之前，还相当心仪湛若非的潇洒多才，嫁入项家后，对湛若非的痴缠虽感厌倦，但始终对他有怜才之意，万未料到湛若非竟会在她今天心丧欲死、万念俱灰之际，做出这等无耻无礼的行动！

湛若非这一阵强吻抚摸，茹小意也心乱如麻，浑没了气力，但她一往神志仍在，仍在设法闪躲，湛若非狂乱地叫道："小意，小意，你又何苦拒我……于千里之外……"

茹小意偏头后退，颤声道："不可以，不可以——""砰"地身子撞着了背后的屏风，屏风哗啦啦地倒下，茹小意瞥见屏风下压着一个人。

茹小意见有人在，顿时清醒，聚余力用膝一顶，顶在湛若非小腹上，刹时间她感到脸红耳赤，她毕竟是已为人妇了，当然知道男人情动时的情形，心中生起了一丝迷乱，这时湛若非吃痛捂腹，蹭地呻吟。

茹小意回望过去，地上竟是一个女子，衣衫破碎，肤色泛黄，但眉宇间很清秀，张开了小小的一张嘴，咿咿唔唔地发不出声音。

茹小意一见是林秀凤，心中吃了一惊，再看见她衣衫撕破片片，裙褶间有秽渍，更是惊怒，挣过去聚全力撞开她的哑穴，林秀凤第一句就哭道："他……他玷污了我……"

茹小意一听，犹如心里被重击了一记，一刹那她不知是悲是愤，是没想到自己的丈夫、师兄，全是人面兽心的家伙！悲愤之余，背部遭一下重击，登时四肢全失了力气，只听湛若非喃喃地道："小意，小意，这次终教我遂了愿……"

茹小意趴在地上，湛若非一把撕破她背部的衣服，茹小意想到这多年温文儒雅的师兄，一副血脉偾张的恐怖样子，不禁闭上了双目，皓齿直咬得下唇出血，无力地道："我杀了你，你敢碰我，我一定杀了你……"

湛若非却自顾清除衣服，情急之下，狼狈万状。

第壹零回 风扬乱曲

突然之间，地上的屏风倏地飞卷起来。屏风四扇，骤开而合。屏风卷住了湛若非。只听得一个声音低沉地道："你不用怕，我替你杀了他。"

突然之间，地上的屏风倏地飞卷起来。

屏风四扇，骤开而合。

屏风卷住了湛若非。

只听得一个声音低沉地道："你不用怕，我替你杀了他。"

"砰"的一声，屏风四分五裂！

湛若非发乱目赤，震碎屏风，衣不蔽体，十分狰狞。

他奋力挣碎屏风，就看见眼前金光一闪，由小而大，"嗖"的一声，一物已穿入他的肋骨里。

这一阵出奇的刺痛，使他突然梦醒。

他颤抖着手指着来人樊大先生，目欲喷火，嘴溅鲜血，嘶声道："他……小意……你——"樊大先生摇头。

他眼睛里有了哀怜之意。

他的哀怜似乎不是起于同情，而是像狩猎经过艰辛追捕之后，终于看见他豢养的猎犬包围住了狐狸，就只等他弯弓搭箭击杀生命前施舍的哀悯。

他已经弯弓搭箭。

茹小意趴在地上，她无法看见背后的情景，她只知道樊大先生及时赶到，第一箭就射伤了湛若非。

她感觉到樊大先生已搭上第二支箭。

不知怎的，她升起了一种悬崖勒马的虚空感觉，大叫道："不——"

可惜她叫迟了一步。

她"不"字一出口，就同时听到"嗖"的一声。

箭破空之声紧接着就是箭入肉之声。

然后是人倒地之声。

随后是人咽气之声。

湛若非在断气之前显然还在讲着话，他的唇在翕动着，嘴里的鲜血因舌头的振动而发出鱼离水后挣扎吐气般的微响，可是很快的，连这响声也听不到了。

茹小意虽然无法回头，但她却可以感觉到她的师兄湛若非已经死了，而且在死前有很多话想告诉她。

樊大先生发箭以后，一直没有作声，就站在那里。

茹小意知道自己背部袒露的情形，脸上像冬天熔火般发着烧。

樊大先生缓缓地蹲了下来，在她耳边温声说了句，"你不用怕，我已替你杀了他。"这句话他已经说过，只不过，第一次说时还未动手，第二次说时湛若非已经死了。

然后樊大先生替她解了穴道，在她背部连作了几下推揉，使她极快地恢复了元气。

樊大先生脱下长袍，罩在她的身上。

茹小意心中很感激，但在同一天里，丈夫变得如人面兽心，影踪不见，师兄更禽兽不如，死得甚惨，心里骤失去了依凭，举目没了亲人，人生一下子到了这个地步，真没有活下去的勇气，对人性也全无可信。

樊大先生过去解了林秀凤的穴道。

林秀凤跳起来，抄了把刀，一刀一刀地往湛若非尸身砍下去，狠狠咒骂道："你这乌龟王八，连老娘也敢玷辱，我不斫你八十二截……"

茹小意流泪奋然挡在湛若非尸身前，怒问："你要干什么？"

林秀凤挥刀道："他奸污了我，我要斫他七八十截！"

茹小意道："他人都已经死了，你不能再辱他尸首。"

林秀凤一撇嘴儿道："你倒……"

樊大先生叱道："秀凤。"

林秀凤虚斫两刀，不屑地一嘟嘴，左边身子微斜地退了出去。

也不知怎的，突然之间，茹小意感到一阵恐惧：这恐惧比看见丈夫、师兄人心大变更诡异而深刻，可是她不知道自己为何会生起这种感觉。

樊大先生这时柔声跟她说话："大嫂，我会好好厚葬湛兄，再发人追寻大哥，你累了，这里先交由我处理，你先到'灯楼'去歇歇，好吗？"

茹小意沉哀点头的时候，就听见樊大先生扬声道："孙祖。"孙祖应了一声，飘了进来，带茹小意赴灯楼。

茹小意总觉得这人好像已在外面等了很久，就等樊大先生一声唤，便过来带自己去灯楼似的。

不过她倦了。

她对人生已疲乏，对人性也一样感到厌倦。

甚至连感觉也疲倦。

所以她没有再想下去。

忽然醒了过来。

灯光在柔软的锦绣被褥上，有说不出的宁谧温暖。

然而梦里是往下掉，掉落到一个全不知的深渊里，她醒来的时候，还完全是空虚的，仿佛自己还在往内里掉，掉到云深不知处。

灯光是温暖的。

　　她的心却是悬空的。

　　房间里，亮静得寂寞。

　　她的人全无依凭。

　　她在这时候觉得好想哭，在母亲离开人世时，在床上抓着她的手，她就觉得全无凭借，仿佛母亲走了，世上就只留下她孤单单的一个人了，直到她出嫁的前一天，她也这样哭过，这样子的哭，仿佛内心都给抽泣抽干了似的，被褥是冷冷的，就像从没有被人的体温暖过。

　　她很怕这种寂然的感觉。

　　比死还怕。

　　她想哭，手摸到颊边，却发现脸上有泪，原来她已经哭过。

　　该深夜了吧？远处还有筵宴的笑闹声，不知谁在灌酒，起了一阵喧哄。

　　一阵更无可排除的寂寞，涌上她的心头。

　　她想起了樊可怜——不知道他在不在筵席里？有没有找到笑影？会不会忘了阁楼上还有一个苦命的人？

　　她这样想着的时候，缓缓自床上撑起，她本来是伏在床上睡了过去，所以，一直没有向着房间，而今，她蓦地瞥见房间里，桌灯前，还有人！

　　只有一个人。

　　灯是黄暖的，照在这个人的衣褶上，更有一种睡着了的海浪一般柔和。

　　这个人却是醒着的。

　　这人在等她醒来，人已与灯光融为一体，仿佛他就是寂寞的一分子。

外面喧嚣，像在庆贺什么。

房里却很静。

静得连风吹过檐前风铃响的声音，都清晰地听到。

风铃微响，房里寂寂，灯下眼前人正是思想着的人，这些感觉，仿佛是茹小意在少女时的梦，有很多首少女时的歌，都是在歌咏这些梦。

真是奇妙的，当一切都不能依凭，随风雨而逝时，自己想着的一个人，竟就在灯前，脸是温和的，眼神是炽热的。

茹小意怕对方知道她所思，忙端坐起来整整衣衫，"噢……我睡着了。"

灯下雕像一样的人不说话，只温和地望着她。

茹小意觉得自己内心仿佛在他逼视下祖裸一般，说："……你等好久了？"

樊大先生道："你哭了。"

茹小意马上笑了，"都让你看见了。"她竭力使自己看来并不在意。

樊大先生道："饿了没有？"

茹小意瞥见灯下有精美的菜肴，两个酒杯，两双筷子，不禁问："外面宴会吗？"

樊大先生微笑颔首。

茹小意问："你……你不参加？"

樊大先生眼里投注了询问的神色，"我想与你一起吃晚饭，可以吗？"

茹小意心里有一阵无由感动，像房里的灯光一般满满盈盈的，要溢出来也没有容纳的位置。山寨里一定还有很多兄弟要等樊大先生齐聚吧？可是他却在守候自己醒来。

她这才发现房里特别亮。原来有许多盏灯，有的是悬挂的，有的是嵌在墙上的，有的是挂杆灯笼，有的是垂吊宫灯，还有桌上的、床头的灯饰，虽然亮，但很柔和，绝不刺眼。

房里好像没有什么阴暗的角落。

茹小意忽然很想哭。

可是多年江湖浪迹的岁月使她知道不能在外人面前哭，她极力忍住，把哭忍成了笑。

"累你等了那么久……"

一个有着坚清容貌的艳美妇人，在灯下微微地忍着哭，变成了笑，肩膀微微紧了紧，这神态足可教人心碎。

樊大先生捏着酒杯，瓷杯滑而冷润。

像她的玉肩。

灯光照在茹小意的双肩，那像两座美丽的山坡，这斜斜而甜畅的角度令人情愿在彼处失足而亡。

樊大先生放下了酒杯。

一阵风，较急，吹过风铃，一串急响。

仿佛很多个幽魂和精灵，在争着说话，说到后来，风止了，他们还耳语了几句。

月光下，栏杆外的白花，前铺着灯光后映着月色，出奇地静。

在房里的两人忽然感到没了语言。

由于这固体一般的寂静，使两人都失去击破寂意的力量。

樊大先生站了起来，下身碰到了桌子，桌子一震，桌灯一晃，茹小意连忙扶住，樊大先生握住了她扶烛的手。

手是冰凉的。

像握着雪，手的热力把雪化成水，在指间流去。

仿佛是怕失去，所以樊大先生紧紧握着她的手。

茹小意再也忍耐不住眼泪，扑在他肩膊上轻泣，樊大先生抚着她的后发，像珍惜一幅真迹的画帧，然后，轻轻把她拥到怀里，茹小意的轻泣化成了恸哭。

茹小意把头埋进樊大先生怀里，闭着眼，任热泪滚滚烫烫、炽炽烈烈地流出来，好像这样才可以洗去罪恶、回忆和虚空。

她在他怀里感受到结实的黑暗。

突然间，他粗暴地推开她。

她茫然。

樊大先生涨红了脸，退了两步，扶着桌子，喘息地道："不能够……不能够……"

他喘了两口气，脸上出现了一种近似忍痛的神情，"再这样下去……我会……我会做出……"

他突然坚毅地望着茹小意，像沙场杀敌一样鼓起勇气："……小意，你知道，我一直都……可是……我不能对不起……大哥……"

他吃力地说下去，"再这样……我会忍不住的……"忽然抽出匕首，在自己臂上刺了一下。

鲜红的血，立即扩散开来，在灯光里像一朵血在开花。樊大先生咬着牙，又待再刺。

茹小意惊呼一声，掠过去，捉住他粗厚的手。

刀落地。

一阵疾风又过檐前。

风铃急响，在轻摇。

樊大先生拥住了茹小意。

茹小意感受到樊大先生那无法纵控的热力，整个人都软了，仿佛把身子交给了那一阵风，那一阵风过去，风铃依然在清响，很远的地方，有人在喧闹，那些人不知有没有感受到一阵风？

樊大先生热乎乎的唇凑到了耳珠上，梦呓一般地说："给我，给我……"

茹小意忽然想到丈夫。

——他在哪里？

——我在这时候想他，应不应该？

她随即又想到湛若非，那倒在地上一张本来熟悉的脸，使她浑然失去了主宰，待神志稍醒时，衣衫已尽褪了下来。

她蜷伏在床上，因为灿亮的灯光，使她用手遮住了脸。

那姿态纤弱得叫人爱怜。

床褥柔软得似在云层里。

床上的人的曲线，在灯影的浮雕下，柔得像一段绒，鹅黄色的，像水珠一样滑溜。

樊大先生眼睛燃烧着烛般的焰。

他起先是用手轻触，胴体像遇炙一般闪过，随着茹小意的战栗，他用手大力搓揉，唤来一阵心荡神摇的呻吟。

樊大先生赞羡地叹了一口气：这女子虽然已是妇人，但洁净得仿佛连指间趾缝弯里，都干净如山里的初夏。

他体内顿时起了一种蹂躏的冲动。

茹小意遮着眼，避着灯光，所以樊大先生没有察觉她在哭。

她还听到遥远的庭院里那喝酒猜拳的声音，风偶尔过檐所奏起的乱曲，花瓣飘落地上的声音。

　　她还在哭着，也许还在心里呼唤丈夫的名字，樊可怜却因她在灯光下寂静而艳娇的下颏，整个人都激动起来，把燃烧的躯干压在她胴体上。

　　——那风又起来。

　　——起先还是远的，后来近了……

　　——风过了庭院里的古树，掠起了一连串的风铃，又吹落了几瓣落花……

　　——风是从很远的地方来的……

　　茹小意黑发披在左颊上，皓齿咬着红唇，她耳珠贴在被褥上，听着清脆的风铃响，知道风远风近，一阵强烈的炽热填入她的虚空里，她用手在男人背上抓出了血痕。

第壹壹回

信的故事

风铃的声音告诉了风徐徐送过。清脆的声响使得时间也从容悠闲。院子里有花香，很清很淡，使人联想到江畔，初夏和白色瓷瓶。

风铃的声音告诉了风徐徐送过。

清脆的声响使得时间也从容悠闲。

院子里有花香，很清很淡，使人联想到江畔、初夏和白色瓷瓶。

连太阳都那么倦迟。

茹小意"噫"了一声，唇犹埋在软枕里，真不愿醒来。

——没有了昨夜一阵急、一阵缓的风……

——昨晚那场夜宴是什么时候散去的呢？

她舒舒身子，瞥见枕上几绺头发，纠在一起，身边的床褥，留下依稀的人形，心里一阵温暖，又一阵羞赧。

樊可怜已经不在。

忆起昨夜的狂乱，茹小意疑心自己还沉浸在醉意里。

只是小楼的灯都已经熄灭，院子里蝉鸣特别响，她披衣起来，还有十分舒服的倦意，走到栏前，看见秋日迟迟，院子西边，植了一棵石树，树桠峥嵘，树以外，又是院子，院子一层一叠，都住着人家，但面目都看不清楚。

院子、风铃和花，连樊大先生炽热的眼神、温和的脸容，都似是一场梦。

不是真的。

她微微打了个哈欠，这些日子在江湖上奔走，哪有这么舒适过？她不由把披在身上的长衣拉紧了一些。

就在这一刹那间，她脑子掠过一个意念，由于这意念闪逝得如许之快，一闪即没，她几乎捕捉不住，再隐于无形之间，她想到这意志的瞬间，四周静寂到了顶点，只有蝉声吱吱地鸣，像一刀刀切入耳里。

——这件袍子……！

披在身上的袍子，不是茹小意的，可是茹小意见过！

她并不是在樊大先生身上看过，而是大地震后，大魅山荒月下，三个伏击者身上所穿的，正是这件长袍！

连这长袍上的眼孔、透气孔都一般吻合！

这件长袍原是从樊大先生身上卸下来的，那是在澡室里就披在她身上，可是，她一直没有留意。

她的脑子乱哄哄一片，但很快地就整理出一些头绪来。

衣袍是樊大先生的。

也是那晚在荒山突击的神秘人的。

樊大先生绝不是神秘人——因为他出现在现场，还救了自己！

那么，神秘人和樊大先生究竟是什么关系？

她忽然想起那天樊大先生摔下地面裂缝时，额角给石击中，可是昨晚看去，额上却全无伤痕，难道会好得那么快！

茹小意只觉心沉到了底，手冻成了冰。

要是换作平时，她不会这样去疑虑这样一个有数度救命之恩的人，可是，而今一切可信赖的都打翻了，她不得不生疑窦，只恨自己为何不在昨天就发现。

院子里唯一的蝉鸣，在脑中切割一般地响着。

这时，门扉传来轻叩。

茹小意反弹似的震了一震，但她立即恢复，把长袍又披在身上，用一种平静的声调，道："请进。"

进来的是林秀凤。

她扎了几条小辫子，乌发上系了亮丽可爱的璎珞，让人感觉青春是迫人的，茹小意不待她说话，就道："很好看。"

林秀凤偏了偏头，笑道："我么？"

茹小意微微笑道："如果我是男人，早就心动了。"

林秀凤撇撇嘴，表示不在意，但忍不住流露了高兴，"你才好看。"

茹小意温和地道："我没有你青春貌美。"

林秀凤开心地道："可是……我没有姊姊你成熟的风韵。"

茹小意笑道："是么？你的青春才可珍惜呢！"

林秀凤脸上出现了一丝微愁，道："男人只喜欢有韵味的妇人。"

茹小意道："你说谁？"

林秀凤忽然警觉，改换了个话题道："大先生要我通知姊姊，午时在迷楼设宴，恭迎姊姊赴宴。"

茹小意点头道："我会去。"突然出手。

她原本和林秀凤隔了一张桌子。

桌上有灯。

茹小意原本站在栏前。

忽然间，她不见了，林秀凤迎着栏杆外秋阳，分外亮。

桌上的灯罩已飞向她。

她反应也快，一手拨开。

只是腰间一麻，茹小意已点倒了她。

林秀凤摔跌下去，茹小意"嘶"地扯开她胁下一片衣，果然有一个新创！

如果不是林秀凤左胁有剑伤，茹小意这一下突袭，还未必能顺利奏效！

林秀凤怒道："你干什么……"

茹小意反手拔出了剑，剑锋指在林秀凤的眉心，一个字一个字地道："我问你答，说错一个字，我就杀你。"

在荒山的袭击里，三个罩袍人都有受伤，其中一个默不作声的罩袍人还着了一剑，刺在左胁，茹小意既已生疑，想起昨天樊大先生不许林秀凤挥刀斫戮湛若非尸体后，退出去时左边身子似是转动不灵，那时只是稍微起了无端的疑惧，不曾出口相询而已。

林秀凤胁下的剑伤，跟项笑影刺中的长袍人完全吻合，而且腰间还缠着软鞭。

那鞭子跟那晚遇袭茹小意对敌者全然相同。

林秀凤显然就是三个神秘人之一。

茹小意只觉脑子乱糟糟的，不知该拣哪一件先问，但她很快就整理出一个方向来，"在大魅山，伏击我们的人，除你之外，其他两人，是谁？"

林秀凤咬着牙龈不肯说。

茹小意道："好，待我挑下你一颗眼珠再答我不迟！"

林秀凤颤声道："是……是黄弹和孙祖。"

茹小意长吸了一口气，道："是不是樊大先生要你们杀我们的？"

林秀凤道："不是。"

茹小意反而像溺水的人抓到了浮木，即问："怎么？"

林秀凤道："大先生只下令杀项笑影、湛若非，没说要杀你。"

茹小意在这瞬间，已明白了很多事情，"难怪你们使用的兵器不趁手，原来飞碟才是你们真正的兵器。"

她顿一顿又道："难怪，太阳神箭虽然厉害，但我见樊可怜的武功，也不致如许轻易击退你们，原来你们在演一出戏……"

林秀凤道："我们的飞碟技法原就是大先生教的。"

茹小意脸色尽白，道："樊可怜有'二凤双龙'，他用了三人伏击我们，剩下一凤，始终未曾露面，是不是织姑？"

林秀凤点头。

茹小意全身一震。

"笑影和她……"她用剑一伸，剑尖在林秀凤印堂戳了一个血痕，厉声道，"说！"

"我说，我说！"林秀凤慌忙地道，"你进澡室后，大先生找项笑影，逗他说出你们新婚后的第一个去处，然后猝施暗算，点了他的穴道，把他衣服剥光，把他放在织姑上面，然后引你过去——"

茹小意紧紧握住了剑，仿佛除剑以外再也没有重量，要不是林秀凤穴道被封的话，至少有十次机会可以一招击倒她，可是现在担心的反是林秀凤，怕她控制不住手中的剑。

"但……他为什么说……"

"那不是项……项大侠说的，黄弹最会模仿别人声调，是……他说的，织姑相应……"

茹小意猛然记起，在上凝碧崖的时候，黄弹在前面一路发出异啸，学马鸣像马鸣，仿牛哞像牛哞。而自己确实背向墙角，只听见声音，却没亲眼见到项笑影说话。

她哪里想到，那时候，丈夫竟已失去了知觉！

随后，她因中镖昏眩，不知道后面的事，而樊可怜为自己吮毒，也只是在演戏而已！

"你们把他……他怎样了？"想到湛若非之死，茹小意不禁激灵灵打了个冷战。

"谁？"林秀凤一时听不懂。

茹小意被恐惧慑住，全身抖了起来。

林秀凤也算领悟得快，"你是说项笑……项大侠？他，没什么，不过被制了全身穴道，昨晚，塞在你们床底，今早，再押回囚室里。"

茹小意一时羞愤欲死，又惊喜交加，"那么湛师兄……他不可能对你做那样的事！"

林秀凤嘴角撇一撇道："他做了我也不介意，只是，先喂他吃了春药，并要他干了我之后再找上你，哎！……"

茹小意想到樊可怜没有让湛若非说话就杀了他，湛若非死前仍似有话要对自己说，可惜自己却没听到，心痛如刀割，剑势一捺，割下林秀凤一只耳朵。

林秀凤登时半边脸鲜血淋漓。忍痛不敢呼，茹小意厉声问："你们……为什么要这样做？！"

林秀凤颤声道："我……我不知道……这都是……大先生的意思……"

茹小意悲愤地道："他？他为什么要这样——"

忽听一个和气的声音道："你应该来问我。"

茹小意望去，全身似脱了力。

一个温和的人站在门口，金弓金箭，眼神炽烈，正是樊可怜。

樊可怜啧啧有声地道："要是你一切都不知道，那该多好。"

茹小意咬牙切齿，"你——"

樊可怜道："本来，当初我只是把湛若非推下山崖，谁知风大，没摔死他，本来也不想救你，可是见你那么美，我救了，发现你很拘礼，而且有丈夫，所以，我才命令他们前去杀了项笑影，我看你舍死忘生地维护姓项的，跟姓湛的也很亲昵，看来，要得到你，首先要你对这两人心碎，故此，我出来逐退手下，再想办法。"

茹小意想起湛若非掉下深崖，幸得不死，而樊可怜乍出现时，确无救自己之意，及至看清楚后，才动手相救的，如此说来，那置在断崖上的衣衫，也是他趁拉起自己的时候撕下的，引湛若非过去，等项笑影也到了之后，才派人来一网打尽，用心不可谓不毒！

樊可怜笑道："你在想那裂缝是不是？其实，下面根本是平地，还有甬道，否则，我才不会暗示孙祖他们也往下跳了。"

茹小意恍悟道："那么，姚到……"

樊可怜笑道："土豆子么？当然是我指使的了，他本来就是两头蛇，我本要杀了阉党驻屯在凝碧崖下的探子，所以，也顺道杀了姓札的和粘夫子。"

茹小意冷笑道："难怪他老是借样说你的好话，什么重义气、有威名！"

樊可怜呵呵笑道："所以他得以不死，还拿了大把银子，远走高飞去。"

茹小意惨笑道："亏你找到他来说笑影那一大堆离间我们的话。"

樊可怜认真地道："那倒是真的。姚到确是姚添梅的弟弟，不过他这个人，一向六亲不认，也不会蠢到替亲姊报仇。"

他笑笑又道："不过，我承认，我在一路上都离间你们，也隔开你们，更装跌倒来诱惑你……可惜，你们倒是坚贞不渝，所以，为免你疑心，我索性让你们释疑后，才再制造这一大堆的事。"

茹小意怒极笑道："难怪你数度相救，都事有凑巧，及时赶到，而且不管我被迷倒、毒倒，你都正好有解药。"

樊可怜嘻嘻道："那是因为我不想伤害你。"

茹小意恨声道："卑鄙！不单你卑鄙，连手下都无耻！"

樊可怜一笑道："无耻？昨晚，却不知谁无耻些。"

茹小意气得发昏。

樊可怜又道："我知道只有在你孤立无援，夫婿爱人尽弃之际，才会心生依傍，而我欲拒还迎，你正好入彀。"

茹小意气白了脸，"亏你……说出这种话！"

樊可怜哈哈道："你不也一样做出这种事！"

茹小意激动地问："你究竟为了什么……？"

樊可怜微微笑道："还不是都为了你。"

他接着又道："我要得到一个女子，向来不喜欢勉强，又不喜用迷药、春药，因为，这样得到一个女人没意思，我要她真的，自动投怀送抱，我要了之后，才丢弃她，这才惬意，哈哈哈……好像你昨晚那样，才够味。"

茹小意悲笑道："你做……这一切，就只为了——"

樊可怜邪笑道："你觉得我恐怖又无稽是不是？其实天底下，偏是有这样的人，费尽心机。做这样子的事。"

他哈哈笑道："一个人，只要有权，总要要权才甘心；一个男人，只要有能力，也总要玩玩女人才称意。"

他反问茹小意："是了，你是怎样才开始对我生疑的呢？我几次救了你和姓项的，总该换得你信任了吧？"

茹小意忽道：“你很想知道？”

樊可怜欠欠身道：“请指点。”

茹小意道：“我不说你会很难过？”

樊可怜道：“这么周详的计划，谈它漏洞出在哪里，总是件有趣的事。”

茹小意道：“我说可以，可是你也得告诉我一件事。”

樊可怜想了想道：“好。你说吧。”

茹小意道：“我开始生疑，其实只有两点：第一，黄弹、孙祖替我推宫过穴，内力深厚，近似与我们交手的神秘人；第二，你杀湛师兄之后，叫孙祖进来，既然孙祖在外面，就没有理由会让事情发生的——除非，是你要让一切发生。”

樊可怜听得不住点头。

其实，茹小意所说的两点，全是事后推测的漏洞，到底她是瞥见长袍才生疑的，不过大凡一件事，说穿了之后旁人总是觉得漏洞百出，但身在其中之时，恐怕比任何人都还要糊涂。正如茹小意这番说辞，也一样有纰漏，要是她早就起疑，又怎会让樊可怜得到她呢？

樊可怜道：“真是，原来有那么大的疏漏。”

茹小意道：“该回答我一个问题了。”

樊可怜道：“我们那么亲了，别说一个问题，十个也答应你。”

茹小意道：“好。你把笑影关在哪里？”

樊可怜即答：“囚室里。”

茹小意听他回答跟林秀凤一般，知项笑影大概还活着，心里暗喜，又问：“囚室在哪里？”

樊可怜反问道：“你就说只问一个问题？”

茹小意道："你不是说十个问题也照答如仪？"

樊可怜笑道："要是我言而有信，又何必这样骗你？"

茹小意发狠道："好！你答我这个问题，我就放了她！"

樊可怜稍稍犹疑了片刻，见林秀凤在地上显出哀求之色，便道："你说真的？"

茹小意决然道："当然真的。"

樊可怜想了想，终于道："项笑影被关在西南方，三个院落之外，青黑色阁楼里。"

茹小意的剑倏然一伸，刺入林秀凤咽喉里，飞起一脚，把喷血的林秀凤尸体踢飞向樊可怜，飞掠向正南窗棂，破窗而出，一面道："你不守信，我也不守信！"

樊可怜怒叱："你——"

茹小意刚飞出窗，左右手一齐给人拿住，来不及挣扎，胸腹又给第三人封了穴道，只是左右拿住她的人是孙祖、黄弹，点她穴道的人正是织姑。

只听樊可怜转为悠游自在地笑声道："要论不守信用，你哪里不守信得过我？"

　　黄弹、孙祖、织姑把茹小意抓回楼里。樊可怜笑态可掬地道："欢迎，欢迎。"脸色一整道，"可惜，你不听话，杀了林左使。"

黄弹、孙祖、织姑把茹小意抓回楼里。

樊可怜笑态可掬地道："欢迎，欢迎。"脸色一整道："可惜，你不听话，杀了林左使。"

茹小意切齿地道："你要杀就杀。"

樊可怜怪笑道："我这么辛苦才得到你，怎能要杀就杀？"

忽听楼下有人大声喊道："大先生，属下黄八，有事禀告。"

樊可怜皱了皱眉，道："进来。"

黄八蹬蹬蹬自木梯走了上来，惶急地道："有人登山求见。"

黄八额上现出了黄豆般大的汗珠，显然是因为刚才急奔之故，一旦停了下来，反而觉得燥热，"这人……赶不下去，他……一定要见大先生……"

樊可怜怒道："来者何人！？"

黄八俯首答："布衣神相。"

樊可怜、黄弹、孙祖、织姑一齐动容，樊可怜喃喃说了一句，"神相李布衣？这时候来，哪有这么巧！"

茹小意本来已全无希望。

她本来想冲去救了丈夫出来，可是连这一个梦想，也是绝不可能的了，不但过去的事情无法弥补，连将来也全无希望。

她只求丈夫平安。

只求自己能一死。

只是落在樊可怜手里，连一死都很艰难。

没想到在这种绝境里，她会突然听到"布衣神相"，这名字充满了生机与希望，在昏天暗地的鬼域里，这个名字如灿星般跃起光临大地。

只听樊可怜粗声问："他可有道明来意？"

黄八嗫嚅地答:"他……他扬言说是……是……"

樊可怜怒道:"是要做什么?!"

黄八这下可回答得快:"是要上山来找项笑影夫妇!"

樊可怜冷哼道:"难道六十四旗、五十二座山头、四十峒三十九寨中有人把消息泄露出去?"

黄八伏身不敢相应。

黄弹恭敬道:"六十四旗子弟都是亲信,不会泄露此事;五十二山头不在此地,又焉知此事?至于四十峒三十九寨二十四水路,不但远各一方,且恨李布衣入骨,又怎会通风报信?以卑职所见,李布衣可能未知实况。"

孙祖也道:"就算李布衣知道,他上来凝碧崖,管教他有去无回!"

樊可怜摇头道:"李布衣武功非同小可,不过,他在未闯关前似已受重伤,这次能出得青玎谷,只怕也要伤上加伤……不过,李布衣有一干同声共气的朋友,像赖药儿、温风雪、惊梦大师等,都很不好对付……能不开罪,就别开罪,能不结怨,还是不结怨仇的好。"(作者按:本故事发生在《天威》之后《赖药儿》之前,故其时"医神医"赖药儿还没有死。)

孙祖道:"那我们应该怎样办?"

樊可怜喃喃自语道:"李布衣没理由会知晓这件事的。"

霍然抬头道:"只要他不知道,一切就好办了。"

然后向茹小意笑嘻嘻地说:"只要你们肯合作,李布衣断断不会生疑的。"

茹小意道:"只要你放了笑影,一切都好办。"

樊可怜用只手指在脸前摇了摇,挑起眉道:"其实你说这句话的时候，心里正在盘算着，只要我给你见着李布衣，你会怎样找机会跟他说出这件事……不过，我不会给你这个机会的……"他笑笑道，"因为只有你知道这件事的始末，你丈夫，并不知道。"

他停了一停，吩咐道："押她到囚室，先让项笑影看见，随即押他上来。"

茹小意愤然叫道："樊可怜，你这样做，你不是人，你会后悔的！"

樊可怜道："我初见你的时候就说过，我不可怜，可怜的是你。"

他挥挥手，黄弹先掠了出去。

樊可怜向孙祖道："让他们夫妇俩在长廊上碰一个面，不许他们有说话的机会，可记住了。"

孙祖抱起穴道被制的茹小意，领命而去。

樊可怜转向黄八道："传令下去，不得阻拦，恭迎神相李布衣上山。"

黄八道："是。"转身奔去。

楼阁里只剩下了樊可怜和织姑。

织姑"唉"了一声，道："秀凤妹妹死得真可怜。"

樊可怜负手立于栏杆前，西边一棵古树，树上蝉鸣，织姑看不见樊可怜脸上的表情。

静了一会儿，织姑低声道："秀凤妹妹，我一定替你杀了那贱妇，给你报仇。"说罢，掉下了眼泪。

樊可怜悠悠道："秀凤死了，只剩下你一个人，可寂寞的。"

织姑顿时抽泣呜咽道："是呀，只剩下了我，可叫我怎样办！"

樊可怜忽道："好。"

织姑怔了怔，半晌才道："什么好？"

樊可怜道："戏演得好。"

他笑着接道："你要骗别人，且由得你，你要骗我，还差远哩，你身子都给我骗了，这点装模作样，又哪里骗得了我？"

织姑垂着头道："我……"

樊可怜冷笑道："林左使的死，是你一手造成的，我见她去传达我的话，久久未返，已猜到有事，上来前，已吩咐黄弹、孙祖在屋顶、窗边埋伏，伺机救援，但是，他们迟迟不出手，想必是听了你的拨弄……"

他语音转厉，"因此，茹小意才有机会杀了她，也可以说，林左使是你害死的！"

织姑变了脸色，抗声道："但是——"

樊可怜截道："你不必分辩了。你的心思，我明白；你的个性，我了解。你视她为眼中钉，无时无刻不想把她弄掉，以便我身边只有你一个女子，我哪会不知道，你表面跟她情同姐妹，心里却恨不得杀了她，才遂你的意。不过……"

他冷笑道："我既然用得起你们，也由得你们去明争暗斗，只要不斗到我身上，死活我都不管；你穿针引线，诱我对茹小意动心，拆散项、茹、湛的姻缘，而今，眼看她又被我宠幸，你又动杀心了吧？借替林左使报仇的名义杀人，你以为我会蒙在鼓里……？"

织姑涨红了脸，樊可怜道："你最好承认；否则，我可以忍受你为争宠而杀人，反正我身边这样的女子你不是第一个，但不能够忍受你侮辱我的智慧。"

织姑嗫嚅着，咬着嘴，眼泪不住掉落，"是……"

樊可怜冷峻地道："也别在我面前装可怜，其实，你知道我明白真相而不杀你，心中不知有多高兴……"

他一记拍在织姑臀上，邪笑道："你狠我毒，我们俩可以说是天造地设了吧?"

织姑特别尖声地叫着，倒向樊可怜怀里。

樊可怜忽沉声叱："走开!"

织姑连忙站开了身子，孙祖押着颓乏不振的项笑影，走上楼来。

樊可怜走过去，亲热地抱着项笑影，热切地道："大哥，你好!"

项笑影也不动怒，只淡淡地道："你还要怎样?"

樊可怜道："这两天，害大哥受苦了。"

项笑影笑了一笑，这笑既无奈又疲乏，"你要怎样就快说吧。"

樊可怜道："尊夫人还在我们手上，这点大哥想必是看见了?"

项笑影脸肌闪过一片悲色，但他极力地抑制住，"你放了她吧!"

樊可怜故作惊讶地道："放了她? 大嫂与我真心相爱，两情相悦，你都瞧见的了?"

项笑影惨笑着，两眼微有泪光闪晃，"你卑鄙一至于斯!"

樊可怜笑道："那倒不是大哥一人这样说小弟……不过，要是大哥答应小弟一件事，我倒是可以放了嫂子。"

项笑影脸容上立时不自觉地有了一分生机，"你说。"

樊可怜唉声叹气地道："李布衣上山来找你们了。"

项笑影忍不住欢喜之情，"他来了?"猛然醒觉，忙收敛欢喜之色。

樊可怜笑道："他来了，我为了灭口、只好把嫂子杀了……"

项笑影眦眦欲裂，嘶声道："你——"

樊可怜截道："如果你要我不杀，那也可以，要在李布衣面前，装得没事人儿一样，说是在我这做客，盘桓几日再走，叫他不要多心，这便是了！"

项笑影怔了怔，樊可怜悠然地道："其实你不答应也一样，李布衣单人匹马，怎会是我凝碧崖上绿林好手之敌？我是怕事，也替你们省麻烦……如果一旦有人闯上山来要人，闹开了，来人只有一个死字，你们呢？你还不打紧，尊夫人我则要照规矩，让山寨里的兄弟共乐了。"

项笑影气得脸上的肌肉也颤抖了起来，樊可怜道："你看，这变得多难堪呀，我也不想那么做……只要你答应，君子一言，驷马难追，我言出必行，李布衣一离开，我就放你和嫂子走！"

项笑影狐疑地道："你说真的？"

樊可怜道："我说过的话，一定算数！只要你们出去之后，不在江湖上把这桩事儿张扬，人我也得到了，留着你们干吗？再说，只要你稍显暗示让李布衣知晓有蹊跷，我已下令黄弹格杀勿论，我只要大喝一声，黄弹就动手，布衣神相还快得过声音不成？李布衣纵是神仙，也仅救得了你，尊夫人是死定了。何况你此刻，穴道虽全解除，但中了我的'九残散'，七八天内功力绝对恢复不了，只怕你才开口，已经尸横就地，李布衣也未必知道发生了什么事。"

后面一句话，项笑影当然不相信。

项笑影当然知道李布衣的机智，足以应付危机，但是他的确浑身乏力。

樊可怜温和地拍着他肩膀，劝解地道："你别考虑了，就这样吧，至少，这是唯一可保你夫人不死之策了。"

这时楼下有人大声报传："禀大先生。"

樊可怜扬声道："何事？"

楼下的人道："神相李布衣已入大寨。"

樊可怜即道："'龙虎堂'侍候。"

楼下人恭应："是。"脚步远去。

樊可怜回身对项笑影道："你还考虑什么？再犹疑，我杀了茹小意再说！"说罢向孙祖示意。

项笑影急道："好。"

樊可怜道："好什么？"

项笑影道："我答应你，不过，你也要履行诺言。"

樊可怜忙道："放，我一定放，把你们都放了。"

项笑影道："你放不放我，我不在乎，我是要求你放小意……"

樊可怜哈哈答道："那又有何难？咱们就击掌为约。"

说罢，举起左掌，在项笑影无力的左掌击了一下，道："咱们哥儿俩就一言为定了，男子汉大丈夫，可不能到时反悔哟。"

项笑影苦笑。

樊可怜向织姑道："你去扶项大哥到'龙虎堂'去，就说他有小恙，项夫人不想见客，我马上就到。"

织姑应命，扶项笑影走下楼去。

孙祖有些疑虑地道："要不要先在身上下毒，以防万一……"

樊可怜笑道："不必了。他最担心的，不是自己，而是茹小意性命，只要茹小意还扣在我们手里，他不敢怎样的……"

他笑了笑又道："何况，这人是江湖人，最守信用的，答应的话，决不敢反悔……要是下毒或落重手，布衣神相目光如炬，精明机警，给他瞧出来，反而不好。"

孙祖忙道："大先生高见，大先生神机。"

樊可怜笑嘻嘻地看着他，问："你看我这个样子，像什么？"

孙祖讷讷地道："像……"他实在不敢直言。

樊可怜笑道："像不像个真诚热切的大孩子？"

孙祖忙不迭地点头道："像，像极了。"

樊可怜得意地笑了起来，"我拿这个样子去接待李布衣，你知道不知道我在想着什么？"

孙祖一味地道："大先生智能天纵、莫测高深。"

樊可怜眯起了一双大眼，毒蛇一般盯着阳光下的古树，道："江湖上人人传言布衣神相如何了不起，我倒想趁此机会，弄他一个杀朋友奸其妻的罪名。"

深秋的阳光是冷的，连孙祖也不禁激灵灵地打了一个寒战。

樊可怜忽问："那天来的那个秦泰，还在寨里么？"

孙祖忙恭敬地答道："在的。我们一直拖延着他，不让他见着项氏夫妇。"

樊可怜道："好。叫他一齐到'龙虎堂'去。"孙祖连忙应命而去。

西边古树，蝉鸣特别响亮。

第壹叁回

测字

李布衣笑了。他听完项笑影那一番说词之后，严肃转为轻松，连大堂上绘的一条虬爪怒龙，也轻快得像旁边所绘翔于九天的凤。

李布衣笑了。

他听完项笑影那一番说词之后，严肃转为轻松，连大堂上绘的一条虬爪怒龙，也轻快得像旁边所绘翔于九天的凤。

"原来是这样的，"他微微笑道，"我听茶寮的一个劫后余生的老掌柜说，那地震之后，项兄夫妇遇袭，后来又出现一位金弓金箭的……之后又听得道上有人看见项兄夫妇被人'挟'上凝碧崖，所以先过来看看，原来是一场误会。"

他抱拳揖道："真不好意思。"

樊可怜笑道："李神相哪儿的话，这是关心大哥、大嫂……不过，我已跟大哥、大嫂结义，怎容得旁人动他们一根汗毛？"

李布衣微微一笑道："大先生高义。"

转首问项笑影："却不知为何不见项夫人？"

项笑影："她……有病，未能出迎，请恕罪。"

李布衣忙道："快别这样说。我此来唐突，倒是骚扰了大先生和项兄。"

樊可怜笑道："布衣神相是稀客，请恐怕还请不上凝碧崖哪……"

话题一转，道："可惜，我和项大哥一见如故，还想多聚几天。"

李布衣微笑道："我也该告辞了……不知项兄何时才准备下山，咱们再好好叙一叙？"

项笑影喉头一酸，勉强笑道："快了。"

在旁的秦泰忍不住道："少爷，这几天我跟湛少侠来到这里，也见不到你，你到底去了哪里？"

樊可怜道："我是跟你家主人研创一种剑法，怎能容让旁人骚扰呢，还请秦伯多多包涵。"

秦泰重重哼了一声道："我看这地方，也没有什么好留。"

项笑影道："秦伯，你先下山吧。"

秦泰道："少爷，你真的……那我跟少主人一起走了。"

他原是潜入项家做家奴的，项笑影一直待他甚好，所以他仍以"少爷"相称，李布衣则是他从前的少主人，追寻多年，终于在风雪古庙遇见，但李布衣始终不让他追随服侍，而希望他退出江湖，享享晚福。

项笑影涩声道："去吧，去吧。"

李布衣忽道："项兄好像也不大舒服？"

项笑影一震，生怕李布衣看出，见樊大先生脸色微微一沉，怕殃及爱妻性命，忙道："可能是染着了病，不碍事的。"

李布衣道："项兄的气色也不大好。"

项笑影强笑道："是吗？"

李布衣道："我替项兄卜一卦如何？"

项笑影忙不迭道："不用，不必了，我……好得很呀！"

李布衣道："项兄不信这个，那就随便写个字如何？"

项笑影慌忙地道："写字？做什么？"

李布衣道："测字呀！"

项笑影只怕让李布衣瞧出，一味地说："我看不必了……"

樊大先生干咳一声道："布衣神相占课拆字，千金难求，大哥又何苦坚拒？"

项笑影一呆，道："这……"却见樊大先生跟他眨了眨眼睛，一时没意会过来。

李布衣笑道："项兄既然不信，也不必勉强了……"

樊大先生道："要拆的，一定要拆的……"心里转念，想到怎样构思一个最简单而又全无相干的字，忽念及茹小意是巴山剑派门下，他一直是傍项笑影而坐，而今用手指在他背后写了个"巴"字。

李布衣本是向着两人坐的，这情景自然看不到，项笑影却顿悟了樊大先生的用意：这字既然是别人写的，自然就拆不出自己的心思，也不可能测得准了，于是道："好，怎样写？"

李布衣道："随便，随意。"

项笑影抽剑，剑尖在地上画了一个"巴"字。

写完以后，项笑影弃剑问李布衣，"我的病严不严重？"

李布衣深注地上的"巴"字，沉吟良久，不发一言。

倏地，一道疾风，破空打入，射向李布衣后脑。

李布衣忽然矮了下去。

原本他的头是在椅靠之上的，这一缩，使得他人和椅全合为一体，飞刀射空，"嗖"地钉在"巴"字上。

樊大先生怒喝道："谁？"

孙祖、织姑双双掠起，追了出去！

李布衣徐徐坐回身子，笑道："两位巡使好轻功！"

樊大先生兀自恼怒未息，"好大胆的狗贼，居然在凝碧崖上暗算我的贵宾！"

李布衣哈哈笑道："大先生息怒。在下结仇太多，何况这儿是绿林要寨，难免有人手痒一试，反正对方徒劳无功，那就算了，大先生就不必再作追究……"

他笑了笑，道："何况，追究下去，绿林同道会说大先生偏袒外人，大先生身为绿林领袖，可不能因在下而左右为难。"

樊大先生气愤地朗声道："道上朋友不赏面，暗算布衣神相，那就是跟樊某人过不去……"

李布衣站起来欠身道："这事就此算了。我这就下山，可免大先生为难……"

樊大先生拍首道："这……这怎么可以……！"

秦泰道："少主人……这测字……？"

李布衣歉然道："也给这一刀搞混了，测字，必须要神气无碍，福至心灵才行。"

樊大先生跺足道："都是我，没好好约束部下……这样吧，不如再测一个……"

李布衣道："测字有测字的行规，写不许改，笔不许添，写对写错写正写歪倒不要紧，最忌是非心里所写的字，一字不中，天机已封，就不必再测了。……依我看，就此告辞吧。"

樊大先生忙起身道："我送李神相下山……"

李布衣说不必，结果樊大先生还是送李布衣和秦泰到了山道。

李布衣、秦泰离开凝碧崖之后，樊大先生拊掌道："项大哥，你真是个一诺千金的人。"

项笑影无力道："你放了她吧。"

樊大先生故作吃惊地道："谁？"

项笑影强抑怒气道："你答应过放了小意的！"

樊大先生诧异地道："我几时答应过了？"

项笑影"哇"地吐了一口血，吭声道："你……你答应过的……"

樊大先生笑道："你冤诬我。你说我答应过，有谁可以作证？"

项笑影惨笑道："枉你是武林中人……说话没口齿，丢尽了江湖人的颜面……"

樊大先生有趣地看着项笑影，像看一个小孩子，道："在人前，我说过的话，一定履行，人人都会竖拇指说我重诺守信，但我有何必要对一个阶下囚守信？我有何义务对一个死人守约？对一个再也没有机会出去说我毁诺的人，我从来不履行对我不利的承诺！"

他笑嘻嘻地瞧着项笑影，补充道："这故事是叫你不要随便相信人。"

孙祖在一旁插口道："大先生，此人留着，终是祸患。"

樊大先生道："我知道。"

孙祖进一步道："不如杀了。"

樊大先生道："杀不得。"

他冷笑着又道："布衣神相也不是笨人，瞧他这副有气无力的样子，也难保不生疑，如我们立即把他杀了，万一李布衣借故上山来找人，交不出人来的时候，岂不功亏一篑？"

孙祖想了想，道："那么，李布衣会不会倒回山上来？"

樊大先生道："这次这位项老哥很合作，李布衣纵有些奇怪，谅也无疑点可寻……再说，我已派黄八沿路跟踪他们了，万一有何异动，飞鸽传书，布衣神相难道还能飞不成？"

孙祖忙道："大先生神机妙算，计无遗策！"

织姑也娇笑道："什么布衣神相，在大先生手里，也不过是一具木俑……"

樊大先生也作嘉许地道："不过，我初时也有些担心那李布衣有神机妙算之能……黄弹适时适地射出那一刀，扰乱了他心神，自是最好不过了……哈哈！”

孙祖附和道：“什么测字拆字，看来也不过如此！”

织姑更道：“什么布衣神相，只是些村夫愚妇的迷信，装神骗鬼的玩意！”

樊大先生脸色一寒，道：“也不是这样说……李布衣能闯过‘五遁阵’杀得了何道里，不会是简单的角色，只是因缘巧合，我们是有心人算计无心人，他才致失算而已……”

他说这句话的时候，李布衣和秦泰已走到山脚下，李布衣向秦泰低声道：“有人跟踪我们。”

秦泰讶然，道：“绿林角色，总是庸人自扰，把戏多多。”

李布衣道：“只怕不止是一个把戏。”

秦泰怔了怔，道：“少主人的意思……”

李布衣道：“项氏夫妇有险。”

秦泰一震，道：“什么？”

李布衣疾道：“小声，装作无事，低声笑谈。”

秦泰这才憬悟，答：“是。”

李布衣道：“你上凝碧崖后，一直没机会见到项氏夫妻吗？”

秦泰道：“是呀，那时我就怀疑……”

李布衣截道：“你不是跟湛若非一起上凝碧崖吗？”

秦泰道：“对了，今天却不见他，这书生疯疯癫癫的，我对他没有好印象，倒没留意……”

李布衣微叹道：“只怕他已出事了。”

秦泰道：“他……少主人是如何知道的？”

李布衣道：“你真以为我只因为道听途说就上来凝碧崖找人的吗？我受伤未愈，本要回到天祥就医的，而今先上凝碧崖也是因为事态严重，才逼不得已的。"

李布衣原本在大同被藏剑老人暗算，四肢重创（见《布衣神相》故事之《叶梦色》），后经赖药儿金针度穴，稳住伤势，以俾他闯过了"五遁阵"后，再返天祥医治，但途中发生了一件事，使得李布衣遣傅晚飞等先回天祥，他要独上凝碧崖。

这事情便是他遇上了土豆子。

土豆子弑师求生（详见《布衣神相》之《天威》），然后勾结樊大先生，倒戈阉党，取得厚酬，优哉游哉地享受去了，因他四肢灵便，而李布衣却负了伤，沿途还葬了张布衣，并带着其家眷跋涉，反而给土豆子赶在前头的路上。

土豆子姚到当然是无意要赶上李布衣这一行人，若他早知如此，走避犹恐不及。

只是，冥冥中一切早有安排，许多事情的发生，不但事有凑巧，有时候，连梦想都不及的事情，发生得比荒诞传奇故事更奇妙。

土豆子遇上李布衣的时候，刚好是他把一顶轿子里的商贾揪下来，他要坐上去的时候。

这时候，土豆子已经杀了三个人：富商的妻子和儿子、女儿。

这种事给李布衣碰到了，就一定管，而且，他再良善，也不想放过土豆子这等为患天下的人物。

土豆子知道自己绝对逃不过噩运。

他的武功连傅晚飞也未必敌得过。

只是他天生是一个"懂得生存"的人物，他只及时叫了一句，"你们放了我，就等于救了一对你们的朋友、好朋友。"

等到诸侠踌躇的时候，他又加了一句，"他们情形极惨，但只要你们放了我，我就告诉你们这秘密。"

他见诸侠动容，自然一再强调，"你们放了一个我，可以以后再杀，但死去的朋友，就再也不复活。"

李布衣终于答应了他。

杀人无论如何都不比救人重要。

土豆子有李布衣这一句话，登时放了心。

他知道自己死不了。

因为李布衣不是樊大先生。

有些人，说过的话不值半个子儿，有些人，真的是一诺千金。

土豆子知道李布衣是哪一类人。

所以他说出樊大先生托他对项氏元妇的所作所为，虽然他不知道项氏夫妇上山后的情景，但情形之险恶已可见一斑。

李布衣没有杀他，也没有放他，只是把他让群侠扣押着，带回天祥，他去查证，要是属实，便一定放了他。

土豆子很放心。

他纵然说过一千次谎，这次讲的却是实话。

为了他自己的生命，他也必须说真话。

他知群侠会守信约，终于放了他的。

他反而想趁此认清江湖人称百攻不入的天祥的地域形势。

李布衣阻止了其他人跟随——一定要叶梦色等先返天祥疗伤，他自己却强压伤势，赶来凝碧崖。

其实他跟项笑影只是碰过两次面，第一次是他救了项氏夫妇，第二次却只是一个招呼，但是，有些人，天生下来，朋友的事仿佛比他自己的事更重要。

第壹肆回

转弯

李布衣就是这样上了凝碧崖的。秦泰不认识土豆子。但他因长久跟随过项氏夫妇，对项笑影的感情，无疑要比李布衣深，他知道项氏夫妇可能有险……

李布衣就是这样上了凝碧崖的。

秦泰不认识土豆子。

但他因长久跟随过项氏夫妇，对项笑影的感情，无疑要比李布衣深，他知道项氏夫妇可能有险，几乎没立即跳起来，往山上冲去。

事实上，他已经跳起来了。

在他未往回冲之前，李布衣已拉住了他。

"不可。"

"为什么？"

"不要打草惊蛇。"

"可是……少爷、夫人可能遇难啊！"

"土豆子说的可能是假话，咱们贸贸然冲上去，反而中了他的计，那就不好……"李布衣深锁双眉。"而且，如果遇危，项兄却不明示，定有隐情，我们不能误事。"

秦泰这才考虑到真假的问题，想了半晌，还是忍不住问："看来，少爷在崖上还好好的，没什么事呀。"

李布衣沉吟着，终于肯定地道："出事了。"

这次轮到秦泰有些儿不相信，"我看不见得吧……可能是那个土豆子诡骗求存，也不一定。"

李布衣道："不。刚才测字，项兄有难。"

秦泰动容道："怎会？刚才在龙凤堂上的测字，根本没有测完，就——"

李布衣接道："就一刀飞来，是不是？"

秦泰道："是呀，这怎能测——"

李布衣道："测字讲灵意，这一刀飞来，我避开了，飞刀不偏不倚，射入'巴'字上，'巴'字头上加一把刀，不正是'色'字嘛？所谓'色字头上一把刀'，这一把外来的刀，嵌入项兄写的'巴'字上，只怕项兄难免色劫！"

秦泰将信将疑，咕噜道："不会吧？少爷一向不好渔色……"

李布衣道："只怕不是项兄好色误的事。我从前面看去，项兄未写字前，那樊大先生肩膀微动，我猜测他已威胁项兄，随便写一个字……'巴'字可能是他随心想起项夫人原是'巴山剑派'的女弟子，这时却正一刀射来，也可能是他故意搅局的设计……"

秦泰急道："这么说……？"

李布衣道："我看是樊大先生动了色心，'巴'字，给他外来一刀，射中了头，项夫人没有出现，只恐已落在樊大先生手里，因而要挟住项兄的。"

秦泰还是不能尽信，"这说法……牵强一些吧……夫人也不是个随便的女子……"

李布衣叹道："我知道。她不是。可是命里有很多东西，是很难说的。项夫人英风飒飒，性子贞烈，但眼带桃花，难免……何况，我适才看见项兄双眉，像涂了层胶似的黏在一起，又似给水浸腻了般的，眉毛有这样子的情形，自身或配偶，必有奸媾的情形出现，我因而特别留意项兄的手掌，发现他写字的时候，掌沿侧的婚姻线有一道显著的刀疤，把线纹割断，这可对配偶大大的不利。而樊可怜……"

秦泰怒问："他又怎样？"

李布衣微唱道："他眉心、山根之间，有数条青黑微纹，隐在肤下，横贯双眼头……大凡男女间有奸情，难免会在这部位出现黑纹，愈近乱伦，此纹愈显，樊可怜跟项兄已结为兄弟，只怕樊可怜——"

秦泰怒喝："兔崽子——"

李布衣一把按住，道："要救人，先隐忍!"

秦泰好一会儿才说得出话来，涩声道："少主人……你既能领悟天机、洞察人心、预卜未来、料事如神，为何不能早先引领，使少爷、夫人消灾渡厄呢?"

李布衣给这一问，愣了半晌，才长叹道："秦伯，天威莫测，天意难问。命是不可更易，运是常变的。我尽可能，不过参透一些因果循环、掌握一些统计与经验的学识，领悟到命运在人的脸上、掌上、行动里的一些暗示与符号，哪能未卜先知，事事如意?"

他苦笑反问："君不见为人化灾除凶的相士、法师，多是贫困潦落之辈? 若他们能事事转危为安、逢凶化吉，自己早就弃贫就富了! 但他们依然营营扰扰，为口奔驰，这还不是命也! 欺神骗鬼、不学无术的相士不算，真正有本领的相士，一样无法挣脱起落浮沉，一样要渡运命危劫，只不过，他们因掌握命运的一些轨迹，较能指示一般人趋吉避凶，进取守成。一个相士，同样怕穷、会死、恐惧失败、怕不如意，就算他想救人，明知对方在求利过程里遭劫，但对方听了他的话，就真的不求富贵了么? 就算救人、救己，也讲求缘法，讲究时势，不然，一个善泳的人掉下了静潭，也会给水蛇咬死;一个不会游泳的人坠下了急湍，也可以抱住浮木，冲上了岸。"

他见秦泰神态落拓，拍拍他肩膀道："难道一切命定了，就不努力? 非也。因为努力改变命运，也是命。掉下水里等死的人，可能就真的死了；掉下水里拼命抱住根木头的人，可能就活得了，在漩涡里抱住根木头，不给它溜走，也需要很大的决心与力量，这才是决定生死成败、荣辱得失的关键。"

他对秦泰道："我想，项兄夫妇目前，正需要这块木头，而我们就是木头。只怕项兄夫妇已无力往我们这边游来，幸好我们是活的，我们现在就向他们游去。"

他涩声道："我们要尽我们之力，但他们能不能渡劫，就要靠他们自己的福缘了。"

秦泰颤声道："那……我们应该怎么办……？"

李布衣道："前面山道，有一个陡弯……"

秦泰登时就明白，"我们……"

李布衣点头道："我们迅速转过了弯，贴近山壁，那人一过来，我们就制住他。"

秦泰忧虑地道："看来，还是把这人打下悬崖容易一些。"

李布衣道："能不杀人，最好不要杀人。谁也没有权利决定别人的生死。"

秦泰道："不过……要是这人放出火箭讯号，只怕项少爷、夫人就……"

李布衣脸有忧色地道："我也怕这种情形……"

说着之际，两人已转过了弯角。

二人随即紧贴石壁，等跟踪的人追蹑过来，便一齐下手。

但等了半晌，并没有人走过弯角。

李布衣变色，低声道："不好，只怕给他警觉了……"

突听山弯后有人唤声道："布衣神相，我叫黄八，是樊大先生派我来跟踪你的，只要你一有异动，我就施放讯号，全寨就会严加戒备……"

黄八静了一会儿，并没有立即说下去。

秦泰低声道："他在试我们是不是在山弯之后伏击他？"

忽听黄八又道："我知道你们就在转弯后山壁旁等我。只要我转一个弯，就是死，不过，我可以不转弯。"

秦泰怒道："你想怎样？"

黄八道："我想你们过来，点了我的穴道，或者击昏我。"

李布衣反问："你为什么要这样做？"

黄八昂然道："因为我不想放出箭号，"他顿了顿接道，"昨天，樊大先生要我冒充阉党走狗黄九之弟，向项大侠施暗袭，然后把我擒住，问项大侠要不要杀我，好令项大侠信任他，讨一个功；但是，项大侠不计前嫌，放了我，要不然，我知道大先生的手段，牺牲我这样一个手下，不算什么。"

他激昂地道："项大侠既曾保住我一条命，我也希望你们去救他；我要你们封我穴道，是怕万一你们救不着人，反被人杀了，他们也不会疑心我故意不放讯号。"

秦泰问："你……你怎么知道我们发现了……？"

黄八笑道："这有何难！我从背后追踪，见你暴跳如雷，两人窃窃私语，我黄八虽是小人物，但从未看轻过名动江湖的神相李布衣！"

李布衣现身愧然道："我倒小觑了阁下。"

黄八豪笑道："那有什么要紧！我就是希望李神相也知晓，绿林里，也有汉子的，未必人人都跟姓樊的同流合污！只是有心无力，虚与委蛇罢了！"

黄八横步在山道上，把掌中箭号丢落深谷，道："闲话少说，项氏夫妇此刻大概是关在灯楼上，生死未卜，您快来点我穴道吧！"

李布衣向秦泰道："看来天意的造就安排，比起人的刻意为之，巧妙何止千百倍！"两人点倒了黄八之后，往凝碧崖潜伏过去，李布衣边疾掠边深思道："项兄这次如无恙，是因他积了一点善缘，放了黄八。"

秦泰道："黄八这次得以不死，也是因为他种下了这一点善因；否则，他纵来得及放出箭号，也难免不死于你我之手。"

李布衣怔了怔，有所悟答："是。"

灯楼里，灯是点着的，楼里还是不够亮。

因为是黄昏，外面夕阳黄亮一片，把秋意都往楼里赶，楼里很暗。

楼内有项笑影、茹小意，更有樊可怜、织姑与黄弹。

樊可怜有点不耐烦地道："现在这样子的情形，我实在不大喜欢。"

茹小意神色一片冷然，夕阳从她身后栏杆外的古树枝叶，照射在栏前白花，再照在茹小意脸上，使得人看去一眼就混合了古树、白花、美人的感觉。

一阵晚风。

花落数瓣。

风吹过花朵微晃，刚好显衬出茹小意领衽上白玉卷瓣布似的耳朵与细颈，淡绿色的衽边染上了夕阳的余晖，变成很薄命的黄花绿草颜色。

茹小意静不作声，世间上的一切，似不比花落一瓣重要。

樊可怜径自说下去：“我最讨厌得到一个女人之后，丢又不是甩又不是的感觉。”他见茹小意坚定的样子，很是不快，故意狠狠地用语言打击、挖苦。

项笑影几乎跳了起来：如果他能跳起来的话。

他道：“你真……不是人！”这在他而言，已经是能说得出口的最恶毒语言。

樊可怜笑了，笑着去拧项笑影的脸肌，道：“我的大哥，你这个不是人的老弟已经想到办法了。”

他扬扬得意地说：“杀了你们，怕李布衣生疑，不杀你们，你们不像织姑、林秀凤，可收为己用，留着总是祸患，所以……我用给湛若非吃下的药，再放你们出去，让你们干出丧心病狂的坏事来，那时……”樊可怜笑眯眯地道，“纵我不杀你，武林人也会不放过你，然后，我尽可能安排你们死在李布衣手上，再设法给他一个杀友奸妻之罪名。”

项笑影脸色变了，变得比白花还白。

他不怕死，只是，不能这样死。

黄弹邪笑道：“大先生，这样干之前，不如……”

樊可怜嘿笑道：“我还不知道你的心思？我看你对项夫人早动色心了——”

忽听一人道：“太过分了。”

这语音一出，局面大变。

黄弹、织姑脸色大变，而项笑影、茹小意脸露喜色。

只是在他们连脸色都未及变之前，一个人，拿着一根竹杖，已拦在项氏夫妇身前，面对樊可怜、织姑与黄弹。

樊可怜长吸了一口气，缓缓地、有力地、一字一句地咬吐出三个字，仿佛这样就可以把这三个字所代表的人嚼烂咀碎。

"李布衣！"

微白的灯笼，渐渐变黄，淡色的蒙光，渐渐刺目，这是表示黑夜已经到来。

楼上灯多，反而更亮。

灯下的人，全没有移动过。

栏杆上的那盆花，已落了一地。

是什么催花落得特别快？

秋天的晚上，在山上，也不该萧煞到这个地步。

李布衣乍现之时，黄弹想动手，樊可怜要走、织姑正要叫喊，李布衣却说了一句话。

他的话也说得很慢。

但很有分量。

"不要跑、不要叫、不要动，你们要做任何一件事，我就立即出手，因为，我不想放过你们；不想多杀其他的人，更不想被你们所杀。"

他淡淡地道："我想，我的出手肯定快过你们的身法和声音，就看，快不快得过你们的出手了。"

他说完这句话后，就没有再说任何一句话，只杖尖指地，很是安详。

"猫蝶杖法"，本就是以静制动，动则极速，神清意闲的。

樊可怜、黄弹、织姑等果然没有动，也没有跑，更没有叫。

因为他们知道，谁来也赶不及这一战的下场。

他们都是久经战阵的高手。

　　他们了解一切最重大的战役，往往是俄顷间决定胜负，而无须久战。

　　真正高手会把精、气、神集中于一击，只有埋伏在道上不敢出战的庸手才矢如蝗雨，何况李布衣身上有伤，更不宜久战。

　　所以他们都没有动。

　　他们也在集中精力。

　　集中一切力量于一击。

第壹伍回 花在月下

　　一阵怪嘶，起自于李布衣背后！李布衣全副精神，集中在前面。他的强敌，不止一人，而是三人，其中还有一个是出类拔萃的绿林领袖：樊可怜樊大先生！

一阵怪嘶，起自于李布衣背后！

李布衣全副精神，集中在前面。

他的强敌，不止一人，而是三人，其中还有一个是出类拔萃的绿林领袖：樊可怜樊大先生！

所以他是丝毫松懈不得的。

项氏夫妇穴道被封，动弹不得，除了仗赖李布衣维护之外，完全帮不上忙。

这一道疾风，是一柄软刀，迎风笔直，飞劈李布衣后脑！

同时间，黄弹弹了起来，双手飞起七八只飞碟，织姑跃起，手中鞭舒卷而出！

李布衣只要中了任何一下，都必死无疑。

这三个人都是极毒辣的人。

他们的出手都又毒又辣。

然而这次出手是他们武功里最毒、最辣的招式！

李布衣就算来得及招架背后一刀，也断断避不开软鞭和暗器。

如果他只挡开鞭和飞碟，那么头颅只有留下了半片。

李布衣没有避！

他竟对后面一刀不闻不问。

他一杖刺穿了黄弹的喉咙，左手闪晃间已收七八只飞碟，人腾空而起，织姑的软鞭仅卷住他的腰，还未发力，他已把七八只碟子飞嵌在她体内。

李布衣落地之时，黄弹的尸身还挡在他的身前，忽见金芒大盛，乍亮而没，发现时，箭射入了他的胸膛！

项笑影、茹小意都不能尖叫，不然，他们一定会惊叫出声！

——李布衣中了箭！

背后出刀，突施暗袭的，是孙祖。

樊可怜也料定孙祖见入黑众人还未回到龙凤堂来，定必会回来看看。

所以他们也在等孙祖出手分李布衣的心！

孙祖果然出了手！

但李布衣并没有分心。

因为孙祖人在半空，背后已被人抓住。

他回刀刺中来人，但那人也扭断了他的脖子。

在他暗算李布衣时而暗算他的人，是秦泰。

秦泰中了一刀，血流如注，但他以"大刀鹰爪功"杀了孙祖。

两个高手，一招决生死。

一死，一伤。

秦泰落了下来，就看见局面已经是：黄弹死、织姑倒、李布衣中箭。

樊可怜却也没有再动手。

甚至没有动。

他在这战斗里，第一步就是退出丈外，第二步就是弯弓搭箭，第三步是箭穿过黄弹身体射中李布衣。

这三步只用一眨眼的时间。

但他没有第四步。

因为在发箭的刹那，李布衣的手指，也在他杖尾弹了一弹。

"嗖"的一声，杖穿黄弹喉咙而出，射中樊可怜胸膛。

在这同时，李布衣也中了箭。

黄弹也在同一刹那间，咽喉、背同时被一箭一杖洞穿！

秦泰见此情景，完全镇住了。

他一时也不知道怎么做是好。

他呆了一呆，反而先去解开项氏夫妇身上的穴道。

"噗"的一声，织姑的尸身掉在地上，本来她是跃在半空扬鞭的。

当茹小意穴道也解开之时，却见李布衣身上"波"的一声，那一支金箭，弹落在地，"玎"的一声清响，箭镞上并无沾血。

众人这才明白，李布衣居然以胸肌接了樊大先生这一支金箭，箭镞刺入时，胸肌倒陷，软如棉花，夹住了箭，看去倒似已入肉，一旦箭上力道已消，李布衣的"舒神功"反弹，震落金箭。

他原本并没受伤。

樊可怜也看见了这个情形。

他怪叫一声，急起如隼，掠出栏杆！

李布衣急掠而起，要拦截他！

可是樊可怜并不是想逃。

因为他知道已逃不了。

他逃是诈，却反掠入内。

李布衣错失间，料错一步，已不及兜截，何况樊可怜的轻功本就极好。

樊可怜扑向项笑影。

唯有抓住一个人质，才有活命的机会。

项笑影受伤虽重，但神志依然未乱。

秦泰双爪疾扬，要截下去。

樊可怜在秦泰抓入自己双肩之际，一弓击在他腹上，秦泰惨嚎翻跌出去！

樊可怜手臂疾弹，金弓已圈住项笑影，项笑影不图挣脱，反进而出掌，五指疾戳樊可怜面门，已经是拼命打法。

樊可怜只觉胸腹间一阵剧痛，但反应依然快疾，金弓一紧，弓弦一夹，已紧紧箍住项笑影，使得项笑影那一掌，也打不下去。

樊可怜一招得手，定了定神，回身时李布衣已扑到，正想喝令住手，突然间，胸腹间被竹杖穿过的伤口，激烈地痛了起来，然后蓦觉楼里亮光至极，而周围灯光乱飞、轻飘飘的全无一点着力，正是惊奇间，却在几个翻转间瞥见自己无头的身体，站在灯前，手里的金弓，还箍住项笑影，而站在自己身后有一个女子，正是茹小意，刀锋还在震动着，空中抹过一道血虹。

樊可怜这才明白，自己已身首异处。

茹小意已一刀斫飞了他的头。

茹小意反转了刀锋。

这把软刀原是孙祖的，由于用力太巨，刀已折了口。

她一刀斫下樊可怜的头。

然后她眼看着樊可怜的头颅飞出去，尸体倒下去。

可是这一刀仍不能泄她之愤、偿她之恨！

她知道洗脱这些耻辱的最后办法。

她一刀刺入了自己的心窝。

奇怪的是她没有感到心痛。

她只感到解脱。

她对项笑影道："……黄……蝶……"项笑影并不明白她所

说。他的眼已被泪所朦胧，他忘了挣脱弓弩，只求挣近茹小意身前，拥住了她，她的血染红了他的衣衫，他听到血流出来的声音，仿佛是他的心在泣痛。

这些天的气闷、侮辱、伤心以及穴道滞塞，一起涌了上来，项笑影只觉得天地昏黑，口里一直反复地说："你不要死，你不要死。"又说，"你痛吗？很痛吧？"其实一直是他的心在痛。

李布衣迟了一步。

他被茹小意挥刀杀樊可怜的血震眩，来不及阻止她的自尽。

然后他目睹项笑影抱住了她，虽然昏迷但一直还在跟她说话。

这时候，他瞥见抱着缓缓倒于地上血泊中的项笑影、茹小意，掌沿尾指下的婚姻纹，确有一道伤疤。

他不知道这伤痕是因为项氏夫妇接下樊可怜派人暗袭飞刀时留下的。

他看着这两道小小伤疤，想到一些可怜的人，因为天生下来已无法变更的破相，而遭至噩运，眼前这两人，一个身死，一个心死，还有湛若非只怕亦遭了不测，秦泰也伤得非轻，虽则已杀了四个恶人，却完全没有办法去控制其他良善的人命运，使他感觉到穷究命相，却无能力改变命运，是一件十分悲哀无奈的事。

他望着初升的月牙，感到无比的颓丧。

蓦然，他乍听到微微的低吟。

他几乎不敢置信，那是茹小意的呻吟。

他随即证实了不是幻觉，茹小意微微在蠕动着，她的手，仍搂着晕迷的项笑影，但已有了轻微的呼吸。

——茹小意未死！

地上的软刀，因茹小意全力斫落樊可怜的头颅而崩折，所以回刺自己时，只刀沿入肉几分，血是流了一地，但大部分是樊可怜身上溅的血！

花在月光下静静的。

院子西边的古树更寂。

李布衣被一阵难言的喜悦，深深地憾动着，第一件事，反不是马上救人，而是"咚"地跪下去，当天拜了三拜。

虽说天道无亲，常与善人，然而，到底天理就是人情。李布衣虔心膜拜之际，眼中孕育着感激的泪光，仿佛，在花之上、栏杆之上、古树之上、月亮之上，有天意在关怀人间。

稿于一九八三年一月。

加盟"亚洲电视"时期。

校于一九八七年五月一日。

与方决定"重出江湖"大计。

我早期的武侠小说一向很少重点放在性和爱上（《四大名捕》故事之《谈亭会》是少数的例外），然而，上述的两种素材在现实生活里无疑比武斗更有切身关系。《布衣神相》故事之《刀巴记》，主要写"性"；《翠羽眉》（又名《落花剑影》）重点是写"爱"。这两部书里，李布衣所扮演的角色已不再那么重要，他只是一个贯穿全书的线，真正的演出是这两则爱情故事。

《刀巴记》里的"爱情故事"彻头彻尾是一场骗局，《翠羽眉》的"爱情故事"也是不可能的结合，所以，结局一个是男死，一个是女亡（？）；我总认为在武侠小说里让主角死亡或出家以了断故事的千头万绪，跟爱情小说里男、女主角生癌症或死于车祸来结束剪不断理还乱的纠葛，都是作者的懒惰、不负责任和不够魄力的弃笔。不过，在这样一个限定的中篇小说里，《刀巴记》和《翠羽眉》这样性格的人物，这恐怕是必然的下场。这些人物有些读者可能会不喜欢，因为他们浪漫得甚至接近淫乱，但我却比较偏爱他们，因为他们比较有血、有肉、有爱、有恨，而不像李布衣，在爱情的悬崖上，犹疑不决，既无纵身一跃的勇决，也没有临崖勒马回头的自在从容。

这两本书的编排也比较特别一些：《取暖》和《刀巴记》，合成一书；《死人手指》与《翠羽眉》，也合出一书。在创作时间上，倒是短篇《取暖》《死人手指》先写于一九八一年赴日本及返星马的行次间，在一九八三年间，我选取这两个短篇里的人物，续写下《刀巴记》和《翠羽眉》。我个人比较偏爱两者的下篇，这是两书的"重头戏"。

武侠小说是中国文学的浩瀚海洋里一种非常有特色的题材，有取之不尽、变化无穷的容量与可塑性，实在不该到了我们这一代手上断绝。一旦断绝，承接就不易了。眼看写的人愈来愈少，而撰写的人又愈来愈不认真，责备的人又愈来愈严苛，再不善加培植，这古树只怕成不了神木，反与草木同朽了。我只是一个比较认真对待武侠小说的创作者之一，更希望有志者同来创作——不一定要写得比金庸、梁羽生、古龙好才能动笔（要是这样只有望文兴叹的份儿），只要能有创意，都不妨一试。

《刀巴记》不作《刀疤记》，想《刀巴记》的读者，必能了解其因。

稿于一九八三年一月二十三日。签约亚洲电视期间。

校于一九八七年六月二十九日。台湾万盛版温瑞安武侠小说系列重印新版期间。

再校于一九九七年十二月。台湾花田全面革新推出全新意念温瑞安武侠小说系列期间。

修订于二〇〇五年一月泰文版"说英雄"系列后，再推出"四大名捕系列"。

图书在版编目（CIP）数据

布衣神相. 4，取暖·刀巴记 / 温瑞安著. -- 北京：
作家出版社，2020.8

ISBN 978 - 7 - 5063 - 6884 - 1

Ⅰ. ①布… Ⅱ. ①温… Ⅲ. ①长篇小说 - 中国 - 当代
Ⅳ. ①I247.5

中国版本图书馆 CIP 数据核字（2013）第 066421 号

布衣神相——取暖·刀巴记

作　　者：温瑞安
责任编辑：李宏伟　秦　悦
装帧设计：合和工作室
出版发行：作家出版社有限公司
社　　址：北京农展馆南里 10 号　　　　邮　　编：100125
电话传真：86 - 10 - 65067186（发行中心及邮购部）
　　　　　86 - 10 - 65004079（总编室）
E - mail: zuojia@zuojia. net. cn
http: // www. zuojiachubanshe. com
印　　刷：三河市兴博印务有限公司
成品尺寸：142 × 210
字　　数：188 千
印　　张：7.125
版　　次：2020 年 8 月第 1 版
印　　次：2020 年 8 月第 1 次印刷
ISBN 978 - 7 - 5063 - 6884 - 1
定　　价：42.00 元